Yilin Classics

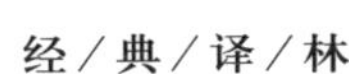

Герой нашего времени

当代英雄

[俄罗斯] 莱蒙托夫 著

草婴 译

译林出版社

图书在版编目（CIP）数据

当代英雄 /（俄罗斯）莱蒙托夫著；草婴译. —南京：译林出版社，2023.1
（经典译林）
ISBN 978-7-5447-9502-9

Ⅰ. ①当… Ⅱ. ①莱… ②草… Ⅲ. ①长篇小说 — 俄罗斯 — 近代 Ⅳ. ①I512.44

中国版本图书馆 CIP 数据核字（2022）第 216015 号

当代英雄 ［俄罗斯］莱蒙托夫 / 著 草婴 / 译

责任编辑 冯一兵
装帧设计 侯海屏
责任校对 王 敏
责任印制 颜 亮

原文出版 ИЗДАТЕЛЬСТВО АКАДЕМИИ НАУК, 1957
出版发行 译林出版社
地 址 南京市湖南路 1 号 A 楼
邮 箱 yilin@yilin.com
网 址 www.yilin.com
市场热线 025-86633278
排 版 南京展望文化发展有限公司
印 刷 南京新世纪联盟印务有限公司
开 本 880 毫米 ×1240 毫米 1/32
印 张 6.375
插 页 2
版 次 2023 年 1 月第 1 版
印 次 2023 年 1 月第 1 次印刷
书 号 ISBN 978-7-5447-9502-9
定 价 45.00 元

CONTENTS · 目录

译本序

“反动势力的沉重乌云浮游在国家上空，希望的明灯熄灭了，忧郁和苦闷抑压着青年的心，黑暗势力血腥的手重又迅速地编织起奴役的网。”——高尔基对沙皇俄国的这段描写，完全适用于莱蒙托夫所生活的时代，以及他的小说《当代英雄》所反映的俄国社会。

1825年12月14日，十二月党人的血染红了彼得堡参议院广场，起义失败，尼古拉一世加紧了镇压，具有进步思想的贵族青年纷纷遭到迫害：有的被流放，有的被监禁，有的被送上断头台。普希金在诗歌中传播自由思想，咒骂沙皇的黑暗统治，打动了千万人的心，却激怒了沙皇政府，这位诗人终于在受尽折磨之后死于非命。

莱蒙托夫短促的一生（1814—1841）就是在沙皇俄国这种血腥统治下度过的。他出生于没落的贵族家庭，受过贵族学校的教育，但十二月党人的流血事件和普希金等具有自由思想人物的不幸遭遇，在这个早熟青年的心田上播下了叛逆的种子，培养着他对沙皇统治的强烈憎恨，酝酿着他大量讴歌自由、反抗专制的动人心魄的诗篇。普希金不幸逝世（1837）以后，莱蒙托夫写下悲愤的诗篇《诗人之死》，表达他对这位大诗人的悼念，同时发泄他对沙皇统治不可压抑的愤懑。这篇诗很快就以手抄本形式传遍彼得堡和整个俄罗斯，莱蒙托夫也因此被捕，流放高加索。他在高加索第一次过了半年的流放生活。高加索的自然景色和生活经历，大大丰富了他的见闻，扩大了他的视野，给他提供了新鲜的创作题材，培育起他以后写作许多优秀诗篇和《当代英雄》的思想感情。莱蒙托夫回到彼得堡以后，上流社会的空虚生活和虚伪习俗，使他产生强烈的反感。他在写给一位朋友的信中说："不论在什么地方，都不会像在这里一样目睹这么多卑鄙和可笑的现象。"当时莱蒙托夫热衷于文学创作，同文学界许多人士交往；可是他的生活圈子毕竟突不破彼得堡贵族的上流社会，摆脱不了他们那种懒散的生活方式。因此他寂寞，彷徨，悲哀，绝望，不断地在诗篇中发出呻吟：

我寂寞，我悲伤！——没有一个知心的人，
可以在我心灵痛苦的时刻一诉衷肠……
希望……老是徒然地希望有什么用？
而时光在消逝——全是最好的时光！
爱，爱谁呢？——短暂的爱情不值得，
永久相爱又不可能……
窥察自己的内心吗？——往事没有留下一点痕迹。
欢乐，痛苦，全都那么平淡。
热情又怎么样？——热情的甜蜜冲动，
早晚会在理智的语言下消失干净，
只要冷静地观察一下世界，——
人生的把戏是多么空虚和愚蠢！

莱蒙托夫同沙皇政府是做过激烈斗争的，他的诗有力地鞭挞了反动的专制统治，但他在精神上还是摆脱不了极度的空虚和苦闷。这种心情充分反映了他所生活的令人窒息的社会和具有自由思想的贵族青年的绝望心情。这是一种“时代病”。这种“时代病”在19世纪上半世纪流行于俄国，并且通过作家、诗人的笔在一系列文学作品中反映出来，患这种“时代病”的青年就是所谓“多余人”，著名的如恰茨基、奥涅金、毕巧林、别尔托夫、罗亭[1]等。这类人物在不同程度上接受了西方资产阶级的自由思想，对停滞在封建农奴制的俄国社会感到不满，他们正像赫尔岑所指出的，“在这个奴性的世界和卑鄙的野心世界中感觉不到任何热烈的兴趣。然而他们却注定生活在这个社会里，因为人民和他们距离日远，他们和人民之间也没有任何共同之处”，他们“永远不会站在政府方面”，同时却也“永远不能够站到人民方面”。

《当代英雄》中所反映的“当代”就是这样的时代，它所反映的“英雄”就是这样的“多余人”。这里要说明一下，就是俄语中的“герой”(英语中的“hero”)一词同汉语中的“英雄”一词含义并不完全等同。“герой”可以作“英雄”解，但还有“中心人物”“时髦人物”“风流人物”等含义。莱蒙托夫的这本小说，也可以译作《当代的时髦人物》，但《当代英雄》这个译法早已通行，我国读者对此早已习惯，因此这里也仍沿用旧译，不再改动。不过，为了让读者深入理解作者的主题思想，避免不必要的误解，我觉得有必要在这里提一下。其实，这一点作者在序言里是讲得很清楚的：“‘当代英雄’确实是肖像，但不是某一个人的肖像。这个肖像是由我

1　恰茨基是格里鲍耶陀夫喜剧《聪明误》(1823)中的主人公，奥涅金是普希金长诗《叶甫盖尼·奥涅金》(1831)中的主人公，毕巧林是莱蒙托夫长篇小说《当代英雄》(1839—1840)中的主人公，别尔托夫是赫尔岑长篇小说《谁之罪？》(1846—1847)中的主人公，罗亭是屠格涅夫长篇小说《罗亭》(1856)中的主人公。

们这整整一代人身上充分发展了的缺点构成的。”正是由“整整一代人身上充分发展了的缺点”，才构成了毕巧林这样一个“英雄”。十分明显，这里的“英雄”同我们平常所理解的“英雄”是两回事。莱蒙托夫在这本书里所塑造的毕巧林，也只是一个患有严重“时代病”的贵族青年的形象，同一般所说的“英雄”，毫无关系。

再来看看毕巧林这个人物吧。毕巧林生活在西方资产阶级自由思想已传播到俄国，而沙皇尼古拉又竭力想保持封建贵族统治的农奴制的时代，这个“多余人”也陷入彷徨和苦闷之中。他问自己：“我活着为了什么？我生下来有什么目的？……目的一定是有的，我一定负有崇高的使命，因为我感觉到我的灵魂里充满无限力量。可是我猜不透这使命是什么。”找不到生活的目的，又无法把过剩的精力用在有意义的事业上，再加上集“整整一代人身上充分发展了的缺点”于一身，像毕巧林这样的贵族青年也就必然无法避免精神上的空虚和道德上的堕落，以致玩世不恭，到处找寻刺激，无事生非，玩弄女性，像他在日记里所坦白的那样：“我迷恋于空虚而无聊的情欲；饱经情欲的磨炼，我变得像铁一样又硬又冷，可是我永远丧失了高尚志向的火焰，丧失了这种人生最美的花朵。”

的确，在那暗无天日的旧俄社会里，毕巧林不可能同人民站在一起，也就不可能找到光明的出路。他那种深入膏肓的“时代病”是无可救药的。毕巧林对这种病的“自我感觉”很强烈：“我的思想骚乱不安，我的心永远不知足。什么事情都不能使我满足，我对悲伤就像对欢乐一样容易习惯，我的生活一天比一天空虚……”对毕巧林的思想行为，莱蒙托夫显然抱着批判的态度，指出他是由一代人的缺点构成的，因此对他冷嘲热讽，挖苦揶揄。但是，我们应该看到，除了嘲讽之外，作者对毕巧林还抱有一定的同情和原谅，对他的生活遭遇表示惋惜，对他的思想行动流露出共鸣。这不是偶然的。贵族阶级的立场和世界观，不能不使莱蒙托夫对生活在同时代同阶级的主人公抱着这种矛盾的态度和复杂的感情，何况他自己也多少受到“时代病”的感染呢。他嘲讽毕巧林，谴责毕巧林，但把真正的仇恨集中到他所生活的“当代”，并把批判攻击的矛头对准造成这样的“当代”的“当局”，也就是沙皇政府。从这个意义来说，《当代英雄》在它发表的“当代”是起过进步作用的。也正因为这个缘故，它获得进步人士的赞许，却遭到反动派的仇视。

《当代英雄》在艺术技巧上很有特色。这部十几万字的小说，由五个中篇组成：《贝拉》是马克西姆·马克西梅奇所讲述的毕巧林生活中的一段故事；《塔曼》、《梅丽公爵小姐》和《宿命论者》是以毕巧林日记形式写成，而《马克西姆·马克西梅奇》则以作者的身份来讲述他同毕巧林的邂逅。这几个中篇体裁不同，独立成章，但都紧紧围绕着一个中心——小说的主人公毕巧林。这好比几盏聚光灯从四面八方照射过来，集中到一点，把主人公的形象，包括他的全部经历、活动、思想、感情、性格特点，照耀得纤毫毕露，一清二楚。读完这部小说，毕巧林这个人物的形象，就栩栩如生地浮现在我们的眼前；特别给人印象深刻的，是毕巧林鲜明的独特性格。为什么会有这样的效果呢？因为作者从第一页起直到全书结束，始终集中力量来刻画主人公的性格，塑造毕巧林这个艺术形象。

为了更好地塑造人物，作者还着意描写周围的环境，用自然景色来烘托人物的性格和内心活动，加强感染力。例如，在《塔曼》里，作者用月夜海上的惊涛骇浪来衬托那帮走私贩子慓悍粗野的性格，情景的美妙渲染，把读者带到19世纪俄罗斯这个滨海小城，使人仿佛亲眼看到主人公同走私贩子在这里展开的一场冲突,有声有色,但又毫不做作,十分自然,富有艺术的魅力。

莱蒙托夫是个天分极高的诗人,他的诗热情洋溢,朴素自然,他所使用的语言在俄国文学中达到了高峰,可以同普希金的作品媲美。《当代英雄》是散文作品,但莱蒙托夫使用的却可以说是诗的语言。不论叙事写景,或者人物对话,都显得简洁生动,富有诗意,而且成功地反映出人物的性格特征。

对莱蒙托夫的艺术技巧,俄国许多著名作家都有极高的评价。例如果戈理曾评价《当代英雄》说:"在我们这里还没有人写过如此真实、优美和芬芳的散文作品。这里可以看出对生活实际的深刻理解,将会出现一位俄罗斯生活的伟大描写者……"契诃夫也赞叹说:"我无法理解,他还是个孩子,怎么能创作出这样的作品。唉,要是能写出这样的东西来,那么死也瞑目了!"别林斯基则对这部作品的艺术特色做了全面的概括:"深刻的现实感,面向真实的忠实的本能,朴素,人物性格的艺术性描绘,丰富的内容,叙述的令人倾倒的魅力,诗意的语言,对于人类心灵和现代社会的深刻理解,雄浑而又豪放的笔画,灵魂的力量和威力,华美的幻想,永无穷竭的充足的美学生活,独特性和独创性——这些便是这部足以代表崭新的艺术世界的作品的特点。"

草婴

前　言

不论什么书，序言总是写于最后而放在最前。它或者用来说明写作的目的，或者作为对批评的答辩。但读者一般并不关心道德的宣扬和刊物上的攻击，因此他们不看序言。这种情况很使人感到遗憾，特别是在我们这儿。我们的公众还很天真单纯，如果寓言的结尾不来上几句训谕，他们就看不懂。他们体会不出戏谑，感觉不到讽刺；他们简直没有受过很好的教育。他们还不知道，在规规矩矩的社会里和规规矩矩的书本里，不可以公然谩骂，而且现代文明已发明了一种比谩骂更锋利的武器——这种武器可以说是无形的，因此也更加致命，往往在甜言蜜语的掩盖下给人以无法抵抗的切中要害的打击。我们的公众好像外省居民，听了两个敌对宫廷的外交官的谈话，就满以为他们由于私谊深厚而各自在欺骗本国政府。

本书不久以前确实得到过一些读者甚至刊物不幸的轻信。另外有些人却因为把“当代英雄”这样品行不端的人拿来给他们做榜样而大为生气；再有一些人则微妙地指出，作者描绘的是他自己的肖像和周围一些熟人的肖像……真是陈旧而又可怜的笑话！不过，显而易见，俄罗斯这地方就是如此：这儿一切都可以革新，就是革不掉这一类谬论。就连最有魅力的神话，在我们这儿都难免不被斥为蓄意侮辱人格！

仁慈的先生们，“当代英雄”确实是肖像，但不是某一个人的肖像。这个肖像是由我们这整整一代人身上充分发展了的缺点构成的。你们又会对我说，人不可能这么坏，我却要问问你们：既然你们相信一切悲剧和恋爱故事中的坏蛋都可能确有其人，那你们为什么不相信毕巧林的真实性呢？既然你们欣赏可怕得多和荒谬得多的向壁虚构，为什么对这个人物，就算是虚构的吧，你们就不能宽宏大量点呢？是不是因为其中的真实性比你们愿意看到的更多了一些？……

你们会说这对宣扬道德无所裨益吧？对不起。供给人们的甜食已经够多了，他们的胃因此得了病：这就需要苦口的良药和逆耳的忠言。不过，你们可别以为本书作者那么狂妄，竟然幻想充当人类缺点的矫正者。老天爷保佑，千万别让他无知到这个地步！其实他只是描绘描绘他心目中的当代人的面貌，以此取乐罢了。这样的人物——算他倒霉，也算你们倒霉——实在太容易遇到了。毛病也许是给指出来了，至于怎样医治，那就只有天知道！

第一部分

一、贝拉

我搭驿车从第弗里斯出发。车上的行李只有一个小皮箱，里面足足有半箱是格鲁吉亚旅行笔记。后来，这些笔记，算你们走运，大部分都丢了；而那个皮箱和里面的其他东西，算我走运，倒完整无缺。

我的马车来到科依索尔谷的时候，太阳刚隐没到雪山后面。赶车的奥塞梯人想在天黑以前登上科依索尔山，不住地鞭马，同时引吭高歌。这谷地真是个可爱的地方！四周都是崇山峻岭；红彤彤的岩石上面爬满苍翠的常春藤，顶上覆着一丛丛法国梧桐；黄色的悬崖布满流水冲蚀的痕迹；抬头远眺，那边高高地挂着一条金光闪闪的雪的穗子；往下望去，阿拉格瓦河同一条从雾气迷蒙的黑暗峡谷里哗哗地奔腾而出的无名小河汇合起来，像一根银线似的蜿蜒流去，它闪闪发亮，就像蛇鳞一般。

驿车来到科依索尔山麓，我们在一家茶馆旁停下。有一二十个格鲁吉亚人和山民闹哄哄地聚集在这儿；附近还有一帮骆驼客商歇了下来，准备过夜。我得添雇几头公牛，好把我的马车拉上这座该死的高山，因为已是入秋时节，路面上有薄冰，而翻过这座山差不多要走四里路。

无可奈何，我就雇了六头公牛和几个奥塞梯人。一个奥塞梯人把我的皮箱扛在肩上，另外几个就光用吆喝来催促那些牛拉车。

在我的马车后面，有四头牛拉着另一辆车。那车虽然装得满满的，几头牛却像拉着空车一样轻松。这使我感到纳闷。那辆车的主人跟在车后面，嘴里叼着一个镶银的卡巴尔达小烟斗。他身穿一件没有肩章的军官制服，头戴一顶毛茸茸的契尔克斯皮帽，看上去五十岁光景。他那黑黝黝的脸表明他跟外高加索的阳光相识已久，而他那早白的胡子却跟他那稳健的步伐和精神抖擞的样子不相称。我走到他跟前，鞠了个躬；他默默地向我还了礼，嘴里吐出一大团烟。

“看来咱们是同路的吧？”

他又默默地点了点头。

“您是上斯塔符罗波尔[1]去的吗？”

“对……给公家送东西。”

“请问，您这辆车那么重，为什么四头牛拉起来挺省力，而我这辆空车用六头牲口拉，再加上这些奥塞梯人帮忙，却还这么费劲呢？”

1 斯塔符罗波尔，当时是北高加索的主要城市，高加索边防军司令部设在这里。

他调皮地笑了笑，意味深长地对我瞧了一眼。

“您来高加索怕还不太久吧？”

“快一年了。”我回答。

他又微微一笑。

“您问这个干吗？”

“不为什么！这些亚细亚人简直是坏蛋！您以为他们嘴里嚷嚷是在帮忙吗？鬼才知道他们在嚷什么！牛倒懂得他们的意思；哪怕您套上二十头，只要他们这么一嚷嚷，牛就一步也不动了……混蛋透顶的骗子！可您能拿他们怎么办？……他们就爱从过路人身上多弄几个钱……这些骗子让人给惯坏了。瞧着吧，回头他们还要问您讨酒钱呢。我可知道他们那一套，他们骗不了我。”

“您在这儿当差很久了吗？”

“可不是，打从阿历克赛·彼得罗维奇[1]那时候起，我就在这儿当差。”他摆出煞有介事的样子回答说。“当他老人家驾临边防前线的时候，我是个少尉，”他补充说，“我在他手下，因为讨伐山民有功还升过两次官呢。”

“那您现在是在……”

“我现在在第三边防营。请问您呢？……”

我把我的身份告诉了他。

谈话就此结束，我们默默地继续紧挨着前进。到了山顶上，我们看到了积雪。太阳落山了，黑夜紧接着白天降临，中间没有一个

1 阿历克赛·彼得罗维奇·叶尔莫洛夫（1772—1861），俄国将军，1816年至1827年任格鲁吉亚总督和高加索军司令。

黄昏，在南方通常都是这样的；但借着积雪的反光，我们能够毫不费劲地认清道路。这路虽然不像刚才那样陡峭，但依然通往山中。我吩咐奥塞梯人把皮箱放到车上，又用马来替换牛，并且最后一次回头望望下面的谷地，可是从峡谷里像波浪般滚滚涌出的浓雾把谷地完全遮住了，也没有一点声音从那边传到我们的耳鼓里。那几个奥塞梯人果然围住我闹着要酒钱，但上尉声色俱厉地对他们大喝一声，一下子就把他们驱散了。

“哼，那些家伙！”他说，“他们连俄国话‘面包’都不会讲，却学会了：‘老总，给些酒钱吧！’我看，就是鞑靼人也比他们好些，至少鞑靼人不是酒鬼……”

到驿站大约还有两里路。周围一片寂静，静得凭蚊子的嗡嗡声都能听出它在什么地方飞。左边的深谷已是一片漆黑，在峡谷和我们之间，暗蓝色的峰峦重重叠叠，布满层层积雪，矗立在剩下一抹残阳的茫茫天际。星星开始在苍茫的天空中闪烁，奇怪的是我觉得它们比我们北方的星星要高得多。道路两旁竖立着一块块光溜溜的黑色岩石；雪地里偶尔露出几丛灌木，但它们的枯叶纹丝不动。在这沉沉酣睡的大自然怀抱里，听到三匹困倦的驿马的嘶声和忽高忽低的俄罗斯铃铛的响声，倒是别有风味的。

“明儿准是好天气。”我说。上尉什么也没回答，却指给我看矗立在我们正前方的那座高山。

“那是什么山？”我问。

“古德山。”

“哦？”

“您瞧,它在冒烟呢。”

真的,古德山在冒烟。山的两边飘浮着一缕缕轻云,山顶上却横着一片乌云。这片乌云很黑,在灰暗的天空中看上去就像一块墨迹。

我们已经望见了驿站和它周围的平顶石头房子,点点灯火在我们面前殷勤地闪烁。忽然吹来一阵潮湿的冷风,峡谷里顿时隆隆作响,接着又落起细雨来。我刚披上毡斗篷,天就下雪了。这样,我望望上尉,心里不由得对他起了敬意……

“咱们只好在这儿过夜了,”他烦恼地说,“这样的风雪天气可不能翻山越岭。喂,十字架山那边有过雪崩吗?”他问车夫道。

“没有,老爷,”奥塞梯车夫回答,“但是山上的雪可多呢。”

站里没有供旅客歇脚的房间,我们被领到一所烟气弥漫的石头房子里过夜。我请我的旅伴跟我一起喝茶,因为我随身带着一把铁茶壶——这是我在高加索旅行期间唯一的消遣。

这所石头房子一面紧挨着岩壁,门口有三级潮湿泞滑的台阶。我摸索着走进屋里,正好撞在一头母牛身上(这里的人用畜栏代替下房)。我不知道往哪儿走才好:这边几只羊在咩咩叫,那边一条狗在汪汪吠。这当儿,幸亏有一线微光在旁边一亮,让我找到了一个类似门的窟窿。眼前展开了一幅有趣的图画:一间宽大的石头屋子,屋顶用两根熏黑的柱子撑着,里面挤满了人。屋子中央,就地生起的火堆劈啪作响,风把烟从屋顶的窟窿里倒灌进来,整个屋子里烟雾腾腾,我好久都看不清周围的东西。火堆旁边坐着两个老婆子、好几个小孩子和一个瘦削的格鲁吉亚人,全都穿得破破烂烂的。没有法子，我们也只好在火堆旁边安下身，抽起烟斗来。不多一会儿，茶壶就亲切地嗞嗞叫起来，水开了。

"这些人真可怜啊！"我指着肮脏的主人们，对上尉说。他们却愣头愣脑地瞧着我们，一声不响。

"全是大笨蛋！"他回答说。"说来您也许不相信，他们什么事也不会干，什么教养也谈不上！拿我们的卡巴尔达人或者车臣人来说吧，他们虽然是强盗、穷光蛋，但都敢作敢为，可是这些人呢，对武器毫无兴趣，你看不到谁的身上有一把像样的短剑。真是地道的奥塞梯人！"

"您在车臣尼亚待过好久吗？"

"是啊，我带了一连人在那边要塞里驻扎了差不多有十年，就靠近卡敏尼勃罗德，您知道那地方吗？"

"听说过。"

"哦，朋友，那些匪徒真把我们搞得伤透了脑筋。谢天谢地，如今总算太平多了。可早些时候啊，你只要离开要塞围墙一百步，就会有个披头散发的恶鬼在什么地方守着你。你一不留神，不是被一道套索套住脖子，就是给一颗子弹打中后脑勺。嘿，他们可厉害呢……"

"您恐怕遭到过不少意外吧？"我在好奇心的驱使下问他道。

"怎么没有呢！遭到过……"

他动手捻捻左边的小胡子，低下头沉思起来。我真想从他嘴里听到个把小故事——凡是出去旅行和写东西的人都有这种愿望。这当儿，茶烧好了，我从皮箱里拿出两个旅行用的杯子，斟满茶，把一杯放在他面前。他啜了一口茶，仿佛自言自语地说：“是啊，遭到过！”这一声感叹给了我无限希望。我知道在高加索待久的人都爱说话，爱讲故事。他们难得有聊天的机会，有人带了一连人在穷乡僻壤待上五年，在这整整五年中就没有人对他说过一声“您好”（因为司务长总是说“祝您健康”）。可是要谈的话却很多，因为周围的人都很粗野而风趣，你天天都可能遇到危险，以及许多稀奇古怪的事。你也就会不由得惋惜这些事在我们这儿记载得太少了。

“您不要加一点甜酒吗？”我对我的对谈者说，“我有第弗里斯的白甜酒。这会儿天气可真冷啊！”

“不，谢谢您，我不喝酒。”

“这是为什么？”

“不为什么。我发过誓戒酒了。那时候，我还是个少尉，不瞒您说，有一次我们偷喝了一点酒，那天夜里正巧发警报，我们就醉醺醺地跑去集合。算我们倒霉，这事被阿历克赛·彼得罗维奇知道了。嚯，老天爷，可把他气坏啦！差点儿没让我们受军法处分。事实上，住在这儿往往一年到头看不见一个人影儿，再加上烧酒，一个人确实很容易堕落。”

我听了这话，几乎失望了。

“就拿契尔克斯人来说吧，”他继续讲道，“逢到婚礼或者丧事，只要多喝点儿布扎[1]，他们就会真刀真枪地干起来。有一次我好容易逃了命，当时我还是在一位跟我们友好的王爷家里做客呢。”

1　布扎，高加索和克里米亚半岛一带酿造的啤酒，味酸甜。

“这是怎么一回事？”

“喏，”他装满了烟斗，深深地吸了一口烟，开始讲道，“您知道，我那时带了一连人驻在捷列克河边的要塞里，这是将近五年前的事了。那年秋天，有一次来了一队粮车，队里有个青年军官，年纪大约二十五岁的样子。他穿着全副军装来见我，说是奉命要留在我的要塞里。他身子那么瘦，脸色那么白，身上的军装又那么新，我立刻看出他来到我们高加索还不久。我就问他说：‘您该是从俄罗斯调来的吧？’他回答道：‘是的，上尉先生。’我握住他的手说：‘好极了，好极了。在这儿您会感到有点寂寞的，可咱们可以像朋友一样生活在一起。对，您干脆叫我马克西姆·马克西梅奇得了。再有，您何必这样衣冠楚楚、全副军装呢？您到我这儿来只要戴顶军帽就行了。’我们派给他宿舍，他就在要塞里住下了。”

“他叫什么名字？”我问马克西姆·马克西梅奇。

“他叫……葛利果里·阿历山德罗维奇·毕巧林[1]。我敢说，他是个好小子，就是有点儿怪。譬如说，下雨天也罢，大冷天也罢，他整天都在外面打猎，人家全冻坏了、累坏了，他却一点也不在乎。可是，有时候他待在屋子里，只要一刮风，他就说着凉了；板窗一响，他就吓得浑身发抖，脸色发白；可是我看见他独个儿去打过野猪呢；往往一连几小时你都逼不出他一句话来，可是他一开口呀，准会使你笑痛肚子。是啊，这人确实很有点怪脾气，而且一定很有钱：他屋子里各种各样值钱的小玩意儿可多啦！……”

1　加着重号部分文字在原文中是斜体，下同。

“他跟您一起待了好久吗？”我又问道。

“一年光景。可是这一年真叫我难忘啊！他给我添了不少麻烦，这且不去说它。是啊，确实有这样一种人，他们命里注定要遇到种种不平常的事情。”

“不平常的事情！”我露出好奇的神气嚷道，给他添了茶。

“我讲给您听吧。离开要塞十二三里地，住着一位跟我们友好的王爷。他有个儿子，年纪十五六岁，常常骑马到我们要塞里来玩。差不多天天都来，一会儿为了这个，一会儿为了那个，我跟毕巧林可把他惯坏了。这小子真是个淘气鬼，干什么事都眼明手快：他能骑在马上一边飞驰，一边从地上捡起帽子；打起枪来也百发百中。他就是有一个毛病：爱钱如命。有一次，毕巧林跟他开玩笑：要是他能从他父亲的羊群里把那只最好的山羊偷出来，就给他一枚金币。您想怎么样？到了第二天夜里，他就抓住犄角把那只羊拉来了。有时候我们想办法逗他，他就眼睛发红，立刻伸手拔短剑。我常常对他说：‘嘿，阿扎玛特，当心你的脑袋瓜子呵！’

“有一次老王爷亲自来请我们吃喜酒，说他要嫁大女儿了。我们跟他是老朋友，因此不好意思推辞，虽然他是个鞑靼人。我们就出发了。村子里有一大群狗，见了我们就高声吠叫。女人们一看见我们都躲起来，我们看到面孔的那几个，根本谈不上是美人儿。毕巧林对我说：‘我原来以为契尔克斯女人要美得多呢。’我笑着回答他说：‘您先别忙！’这事我心里有数。

“王爷的房子里已经聚集了许多人。您知道，他们亚细亚人有个规矩，不论遇到什么人，都把他们请到家里去吃喜酒。王爷他们十分殷勤地招待我们，把我们领到客厅里。不过，我当时并没忘记留意，他们把我们的马系在什么地方。您知道，我们可不能不提防着点啊。”

“他们的喜事是怎样办的？”我向上尉打听。

“按照一般的规矩。先是由毛拉给他们诵一段《可兰经》，接下去给新郎新娘和他们的亲人送礼物，大家吃啊，喝布扎啊，然后是表演马术，并且总是由一个衣服破烂的脏小子骑一匹跛脚的老爷马，装模作样，做出种种丑态，逗得贵宾们发笑。然后，等到天一黑，客厅里就开始我们的所谓舞会。一个穷老头儿琤琤玐玐地弹起三弦琴来……我忘记那种琴他们叫什么了……嗯，有点儿像我们的巴拉莱卡。姑娘们和小伙子们都面对面分两行站好，一面拍手，一面唱歌。随后，一个姑娘和一个小伙子走到中央，开始对歌，其余的人就一起合唱帮腔。我跟毕巧林坐在贵宾席上，忽然主人的小女儿走到他跟前，这是个十六七岁的姑娘，对着他唱起……怎么说呢？……恭维之类的词句。”

“您不记得她唱了些什么吗？”

“噢，仿佛是这样的句子：‘我们年轻的骑士们好英俊，身上长袍镶着白银花边，可是年轻的俄罗斯军官比他们更英俊，他的衣服上有黄金流苏。他站在他们中间好像一棵杨树，但这树不会在我们的花园里生长和开花。’毕巧林站起来，把手按在额上和胸口，要求我给她回答。我熟悉他们的语言，就把他的答辞翻译了一遍。

“等她走开了，我就低声问毕巧林：‘喂，怎么样？’

“‘美极啦！’他回答说，‘她叫什么名字？’我告诉他：‘她叫

贝拉。’

“她确实长得美：身材苗条，一双乌溜溜的眼睛活像山上的羚羊，能一直看到您的灵魂深处。毕巧林出了神，眼睛一直盯住她，她也不时偷偷地瞟他一眼。不过，当时在欣赏王爷家这个漂亮姑娘的，不止毕巧林一个人：另外有一双火辣辣的眼睛也从角落里对着她瞧个不停。我仔细一看，原来是我的老相识卡兹比奇。他这个人啊，老实说，同我们既算不上友好，也算不上对头。他有许多使人怀疑的地方，虽然人家从没发现他有什么不规矩的行为。他常常赶着一群羊到我们要塞里来卖，卖得很便宜，但从来不肯让价，他要多少，你就得给多少，少一个钱也不行。据说他喜欢跟山匪一起上库班去。说实话，他的长相可真像个强盗：个儿矮小，脸色枯黄，肩膀却很宽……至于他那个机灵啊，简直像个魔鬼。身上的棉袄老是破破烂烂的，打满了补丁，手里的武器却总是银光闪闪的。他那匹马在整个卡巴尔达都很出名。的确，你再也想象不出比它更好的马了。难怪骑手们见了这匹马个个眼红，也不止一次有人想把它偷走，只是没有成功。到如今我还分明记得这匹马的样子：一身毛像漆一样黑，四条腿像琴弦一般直，那双眼睛简直不比贝拉的差；至于它那个劲儿呀，更别提了，一口气能跑一百里；一旦骑熟了，它就能像狗一样跟住主人，连他的声音都听得出来！卡兹比奇从来不用把它拴起来。就是这样一匹强盗马！……

“那天晚上，卡兹比奇脸色比平时阴沉，我发现他在棉袄里穿了一件锁子甲。我心里想：‘他不会无缘无故穿锁子甲的，准是在打什么主意。’

“屋子里闷热得很，我就到外面去换换空气。黑夜已经笼罩了山岭，峡谷里飘荡着一片迷雾。

“我想顺便到系着我们那两匹马的棚子里，去看看有没有草料，再说，小心点儿总没错。我那匹马也挺不坏，不少卡巴尔达人都很欣赏它，称赞说：‘好马，真是匹好马！’[1]

“我悄悄沿着篱笆走去，忽然听见有人在说话。我立刻听出一个人的声音，那是主人的儿子，浪荡鬼阿扎玛特；另外那个人话说得少些，声音也低些。我想：‘他们在这儿谈些什么呀？莫不是在谈我的马？’我在篱笆旁边蹲下来留神细听，竭力不漏掉一个字。有时候，屋子里传出来唱歌声和说话声，把那场我很感兴趣的谈话淹没了。

“‘你那匹马真棒！’阿扎玛特说，‘我要是个当家人，手里有三百匹马的话，我情愿拿出一半来换你那匹千里马，卡兹比奇！’

“‘噢，原来是卡兹比奇！’我心里想，同时想起那锁子甲来。

“卡兹比奇沉默了一会儿，回答说：‘是的，你就是跑遍卡巴尔达也找不到这样的马。有一次，那是在捷列克河对岸，我骑着它跟山匪一起拦劫俄罗斯人的马群，那天运气不好，大家只得纷纷逃命。有四个哥萨克追我，我听见那些邪教徒在后面嚷着，前面又是一座稠密的树林子。我伏在马鞍上，把自己交托给阿拉，生平第一次用鞭子抽了马。我这匹马就像鸟儿似的在树枝之间飞驰；尖利的荆棘撕破我的衣服，榆树的枯枝抽打着我的脸。我的马儿跳过

1 原文为突厥语。楷体文字除非另注，均为突厥语。

树桩，用胸膛撞开一丛丛矮树。当时我应该在树林边上扔下马，自己躲到树林子里去，可是我舍不得跟它分开，结果先知就惩罚我了。有几颗子弹嗖嗖地在我头上飞过；我听见那几个哥萨克下了马，跟踪追来……忽然面前出现了一条深沟；我的千里马犹豫了一下，就嗖的一声跳了过去。它的后蹄从对岸滑脱了，只剩两条前腿挂在那儿。我扔下缰绳，一个跟斗掉到沟里。这才救了我的马儿；平安到了对岸。这情景哥萨克们全看见了，却没有一个下来找我。他们准以为我摔死了。我只听见他们飞也似的跑去捉我的马儿。我心痛极了。我沿着长满野草的沟爬去，一看：树林子到头了，有几个哥萨克骑马从树林子里来到旷地上，而我的“黑眼睛”正冲着他们飞跑呢！哥萨克们一声呐喊向它冲去，他们又追了它好一阵，其中一个有两次差点儿用套索把它的脖子套住。我浑身直打哆嗦，垂下眼睛，做起祷告来。过了一会儿，我抬起眼睛一看：我的黑眼睛正摆动尾巴，像一阵风似的飞跑着，那些邪教徒却骑着累坏了的马，远远地落在后面，一个跟着一个穿过草原。真主啊！这都是实话，千真万确的实话！我在那沟里一直待到深夜。忽然间，阿扎玛特，你猜怎么着？我在黑暗中听见有匹马在沟岸上跑，打着响鼻，嘶叫着，蹄子嘚嘚地敲着地面。我听出是我的黑眼睛。果然是它，是我的好伙计！……从此以后，我们就再没有分开过。’

“接着我听见他轻轻地拍拍他那匹千里马的光滑脖子，还用种种亲热的名称呼唤它。

“‘我要是有一千匹马，情愿全部给你，来换你的黑眼睛。’阿扎玛特说。

“‘不，我可不愿意。’卡兹比奇冷冷地回答。

“‘你听我说，卡兹比奇，’阿扎玛特讨好他说，‘你是个好人，你是个勇敢的骑士，可是我爹怕俄罗斯人，他不让我到山里去。把你的马给我吧！不论你要什么，我都可以给你弄到；只要你想要，我可以把我爹顶好的步枪或者马刀偷出来给你。他的马刀可是把真正的古尔特货[1]：你只要把刀锋往手上一放，它就会自动切进肉里去，像你那种锁子甲根本不顶事。’

“卡兹比奇不做声。

“‘我第一次看到你的马儿，’阿扎玛特继续说，‘当时它正在你的胯下打转，蹦跳，鼓起鼻子，蹄子踢得火星直冒，我的心里就有一种说不出的滋味，从此以后我对什么都不感兴趣了：我爹那些千里马，我一匹也看不上眼了，骑着那些马出去，我觉得丢脸。我苦恼得要命，我成天坐在悬崖上，一连好几天，脑子里一刻也忘不了你那匹黑色的千里马，它那漂亮的步子，它那箭一样直的光滑的脊梁，还有它那双乌溜溜的眼睛一直盯着我，好像有什么话要说。卡兹比奇，你要是不把它卖给我，我就活不成了！’阿扎玛特声音哆嗦地说。

“我仿佛听见他哭了，可是我得告诉您，阿扎玛特平时是个硬小子，他年纪再小，你也别想叫他掉一滴眼泪。

“但回答他的眼泪的，仿佛是一阵笑声。

“‘你听我说，’阿扎玛特语气坚决地说，‘我什么事都准备干。

1 古尔特名匠造的刀，在高加索十分名贵。

你要不要我去把我的姐姐偷出来给你？她舞跳得可美啦！歌也唱得挺好！绣起花来啊，可巧呐！就是土耳其的苏丹也没有这样的老婆……你要不要？明天夜里，你在溪水流过的峡谷那边等我，我把她送到邻村去，就从那儿经过。这样她就是你的人了。难道贝拉还抵不过你那匹千里马？'

"卡兹比奇好久好久不做声。最后，他低声唱起一支古老的歌来代替回答：[1]

'咱们村子的美人有好多，
她们的明亮眼睛好像黑夜的星星，
同她们恋爱真销魂，也叫人眼红，
可是小伙子的自由比什么都重。
黄金能把四个老婆买回家中，
一匹骏马却是无价之宝，
它在原野上不怕狂飙旋风，
它不会变心，也不会把你作弄。'

"阿扎玛特向他苦苦哀求，又是哭，又是奉承，又是赌咒，结果还是枉费心机。卡兹比奇终于不耐烦地打断他说：

"'滚开，你这痴小子！你怎么能骑我的马？走不上三步，它就会把你摔下来，叫你的脑袋在石头上砸个粉碎！'

1　请读者原谅我把卡兹比奇唱的歌写成诗句，我当时听到的自然是散文；可是习惯是第二天性。——原注

"'把我摔下来!'阿扎玛特疯狂地嚷道。接着就听见这孩子的短剑在对方锁子甲上碰得铿锵发响。一只强有力的手把他一推,他的身子就猛撞在篱笆上,撞得篱笆都摇晃起来。'这下子可有热闹瞧了!'我心里想,连忙奔到马棚里,给我们的马戴上嚼子,拉到后院里。不多一会儿,屋子里就乱成一团。原来是阿扎玛特跑到里面,身上的棉袄都被撕破了,他说卡兹比奇要杀他。大伙儿都从屋子里冲出来,抓起枪,这样就闹了起来。叫啊,嚷啊,开枪啊,卡兹比奇却已经骑上马奔到街上,在人群中间钻来钻去,手里挥着马刀,简直像个魔鬼。我一把抓住毕巧林的胳膊,说:'人家打仗,咱们遭殃,这可犯不着!不如趁早走吧?'

"'不,等一下,看看这场戏怎样收场。'

"'准不会有好收场的。这些亚细亚人总是这样:一灌饱布扎,就动起刀枪来!'我们就骑上马回家了。"

"那么卡兹比奇怎么样啦?"我忍不住问上尉。

"像他那种人会怎么样!"他喝干那杯茶,回答说,"他溜了。"

"没受伤吗?"我问。

"那只有天知道了!那些强盗命可大啦!我还看到过一些家伙,譬如说,有一个浑身上下被刺刀戳得简直像个筛子,可他还是把马刀挥个不停。"

上尉沉默了一会儿,跺了跺脚,继续说:

"有一件事我永远不能原谅我自己。真是让鬼迷了心窍啊!我一回到要塞里,就把我在篱笆后面听到的话全讲给毕巧林听了。他笑了笑(这家伙真狡猾!),心里却在打着主意。"

“那是怎么一回事？您倒讲讲。”

“好吧，既然说开了头，没法子，只好说下去。

“过了三四天，阿扎玛特骑马到要塞里来了。他照例到毕巧林的屋子里去，毕巧林总是请他吃些好东西。我当时也在座。大家谈到了马，毕巧林就赞美起卡兹比奇的马来，说它样子那么漂亮，又跑得那么快，简直像只羚羊。总之，照他说来，天下再没有这样好的马了。

“这鞑靼小子的眼睛发亮了，毕巧林却装作没注意。我一谈到别的，他啊，嘿，立刻又把话题拉回到卡兹比奇的马上来。阿扎玛特每次来了都是这样。大约过了三个星期，我发现阿扎玛特变得脸色苍白憔悴，就像小说里写的在闹恋爱的人那样。真是怪事啊！……

“说实话，那件事的前前后后我是后来才知道的。当时毕巧林拼命逗他，逗得他简直受不了。有一次他对阿扎玛特说：‘阿扎玛特，我看出你很喜欢这匹马，可是你看不到它，就像看不到自己的后脑勺一样！喂，你说说，要是有人把它送给你，你愿意拿什么给人家？……’

“‘随便要什么都行！’阿扎玛特回答。

“‘既然这样，我可以把那匹马给你弄到手，就是有个条件……你要起誓保证办到……’

“‘我起誓……你也起个誓吧！’

“‘好的！我起誓让你弄到那匹马；可是你得把你姐姐贝拉拿来交换：黑眼睛就算是娶她的聘礼。我想这笔买卖对你是蛮

有利的。’

“阿扎玛特不做声。

“‘你不愿意吗？好，那就听便！我满以为你是个男子汉，哪里知道你还是个奶娃娃：你骑马还早呢……’

“阿扎玛特的脸刷地红了。他说：‘可是我爹呢？’

“‘难道他从来不出门吗？’

“‘对……’

“‘那么你同意了？……’

“‘同意了，’阿扎玛特脸白得像死人，低声说，‘什么时候呢？’

“‘就在卡兹比奇下次到这儿来的时候。他答应要赶十只公羊到这儿来。剩下的都是我的事。可要当心啊，阿扎玛特！’

“瞧，这笔买卖他们就这样讲定了。说实话，这可是笔不体面的买卖！我后来对毕巧林也这样说，他却回答道，一个契尔克斯的野姑娘能有个像他那样的好丈夫，福气总算不错啦，而在他们看来，他总是她的丈夫。至于卡兹比奇呢，他是个强盗，应该受到惩罚。您倒说说，我能拿什么话来反驳他呢？……可是当时我一点也不知道他们的阴谋。有一天，卡兹比奇果然来了，问我们要不要公羊和蜂蜜。我叫他第二天带些来。毕巧林转头就对阿扎玛特说：‘阿扎玛特！明天黑眼睛就要落到我的手里了。今天夜里贝拉要是到不了这儿，你就甭想看到那匹马……’

“阿扎玛特说了声：‘好！’就往山村奔去。到了晚上，毕巧林全副武装，骑马离开要塞。至于他们怎样做成这笔买卖，我不知道，只知道他们两人到夜里才回来。哨兵看见阿扎玛特的鞍子上横着一个女人,手脚捆绑着,头上包着面纱。”

“那么马呢?”我问上尉。

“别忙,别忙。第二天清早,卡兹比奇骑马跑来,赶了十只公羊来卖。他把马拴在篱笆上,走进我的屋子里。我请他喝茶,因为他虽说是个强盗,毕竟是我的朋友啊。

“我们东拉西扯地聊起天来,忽然我看见卡兹比奇打了个哆嗦,脸色都变了,他拔脚冲到窗口,不巧那窗子正好对着后院。‘你怎么啦?’我问。

“‘我的马!……马呀!’他说着浑身直打哆嗦。

“真的,我听到了嘚嘚的马蹄声,就说:‘准是哪个哥萨克小伙子骑马来了……’

“‘不!乌罗斯人坏,坏透啦!’他怒吼起来,像只雪豹似的,霍地一下蹿了出去。他三蹦两跳就到了院子里。在要塞门口,哨兵用枪挡住他的去路,他就从枪上跳过去,一个劲儿沿着大路狂奔……但见远处尘土飞扬——阿扎玛特正骑着烈性的黑眼睛飞驰。卡兹比奇一边跑,一边从套子里拔出枪来,叭地就是一枪。他一动不动地愣了一会儿,直到相信确实没有打中为止。接着,他尖声叫起来,举起枪往石头上一摔,把它砸了个粉碎,身子扑在地上,像孩子一样号啕大哭起来……要塞里出来了许多人,大家围着他,他却谁也不理睬。大家站了一会儿,议论了一番,都回去了。我叫人把买羊的钱放在他身边,他碰也不去碰它,却脸朝下,像个死人一动不动地趴着。他就这样一直趴到深夜,趴了个通宵。您信不信啊?……到了第二天早晨,他才回到要塞里,要求人家告诉他盗马人的名字。那个看见阿扎玛特解下马、骑着它跑掉的哨兵，认为这事无须隐瞒，就告诉了他。一听到阿扎玛特的名字，卡兹比奇的眼睛顿时亮了起来。他立刻往阿扎玛特父亲住的村子奔去。”

“他父亲怎么说呢？”

“嘿，问题就在这儿，卡兹比奇没找到老头子：他出门了，要过六天才回来。要不然阿扎玛特怎么能把他姐姐弄出来呢？

“等到老头子回来，女儿和儿子都不见了。阿扎玛特这机灵鬼明白，他要是被人抓住，脑袋就要保不住。他从此失踪了，多半是上山找哪个匪帮入了伙，这好汉准是在捷列克河对岸或者库班什么地方送了命。这就是他的下场！……

“说实话，这事给我也添了不少麻烦。我一知道那契尔克斯姑娘在毕巧林那里，就戴上肩章佩好剑去找他。

“他躺在外房的床上，一只手枕着脑袋，另一只手拿着熄灭的烟斗。通里房的门挂着锁，锁眼里没有插钥匙。这一切我都看在眼里。我咳嗽几声，用靴跟在门槛上跺得咯咯直响，他却假装没听见。

“‘准尉先生！’我一本正经地说，‘难道您没看见我来了？’

“‘啊，您好，马克西姆·马克西梅奇！您不抽一袋烟吗？’他回答道，却没有欠起身来。

“‘对不起！我不是马克西姆·马克西梅奇，我是上尉。’

“‘那还不一样。您不喝茶吗？您真不知道我心里有多烦啊！’

“‘我全知道了。’我一边回答，一边走到床跟前。

“‘那最好了：我也没心思讲它。’

“‘准尉先生，您做了件错事，可能连我都得承担责任……’

“‘得了吧！那有什么大不了的？咱俩早就同命运共患难了。’

“‘开什么玩笑！把您的剑给我！[1]’

“‘米基卡，拿剑来！……’

“米基卡把剑拿来了。我尽了我应尽的责任，就在他的床边坐下说：‘听我说，葛利果里·阿历山德罗维奇，你该承认，这样很不好。’

“‘什么不好啊？’

“‘就是你把贝拉弄了出来……阿扎玛特真是个害人精！……啊，你承认吧！’

“‘要是我喜欢她呢？……’

“嘿，你叫我拿什么话来回答他？我束手无策了。沉默了一会儿，我就对他说，要是她父亲来讨人，他得把她交出去。

“‘那可完全没必要！’

“‘要是他知道她在这儿呢？’

“‘他怎么会知道？’

“我又束手无策了。毕巧林欠起身子，说：‘您听我说，马克西姆·马克西梅奇！您是个好人。如果我们把贝拉还给这蛮子，他不把她杀死也会把她卖掉。事情既然做了，那就别浇冷水。把她留在我这儿，把我的剑留在您那儿吧……’

“‘那么您让我瞧瞧她！’我说。

“‘她就在这门里；我自己今天想见见她，也没见着呢。她坐在墙角落里，头上蒙着面纱，不说话，也不抬头望一眼，怯生生的活像

1 按帝俄军队规矩，军官被解除佩剑，就是遭禁闭。

一只野羚羊。我出钱雇了茶馆的老板娘，因为她懂得鞑靼话。我让她去照顾她，使她明白她是我的人，除了我，她不属于任何人。'他用拳头捶了一下桌子，又说了这几句。这一点我也同意了。叫我怎么办呢？天下有一种人，你是没办法不同意他的主意的。"

"结果呢？"我问马克西姆·马克西梅奇，"他真的使她顺从了，还是她失去自由，想家想得憔悴了？"

"请问，她为什么要想家呢？村子里望见的那些山岭，在要塞里一样望得见，除此以外，那些蛮子再也不需要什么。再说，毕巧林又天天送她些东西。开头几天她不开口，傲慢地把礼物推开，结果那些东西就落到茶馆老板娘手里，这一来，她就施展出全部本领对贝拉花言巧语地哄个不停。唉，礼物！为了一块花布，女人什么事干不出来啊！……嗯，这且不去说它。毕巧林在她身上花了好多功夫；他又特地学了鞑靼话，她也渐渐懂得我们的话了。她终于敢正眼瞧着他了，开头是偷偷地斜着眼睛瞧，但神情还是很忧郁，嘴里低声哼着歌子，连我在隔壁屋子里听了都觉得难受。我永远忘不了这样一个场面：有一天我打那儿经过，往窗子里瞧了瞧，只见贝拉坐在炕上，头低垂在胸前，毕巧林站在她面前。他对她说：'听我说，我的小天使！既然你知道你早晚是我的人，干吗还要折磨我呢？是不是你爱上哪个车臣小伙子啦？如果真是这样，那我就马上让你回家去。'她的身子难以察觉地微微抖了一下，摇摇头。他接下去说：'还是你恨透我了？'她叹了一口气。'还是你的信仰不许你爱我？'她脸色发白，一句话也没说。'你该相信我，天上只有一个阿拉，既然他允许我爱你，他又怎么会禁止你回报我的爱情呢？’她呆呆地盯着他的脸，仿佛被这句话震动了；她的眼睛里流露出将信将疑的神气。她那双眼睛啊，嗬，就像两块黑煤似的闪闪发亮！

“‘听我说，我的好贝拉！’毕巧林继续说，‘你也明白我是多么爱你，只要你高高兴兴的，我什么都愿意牺牲，我希望你幸福。要是你再这样不高兴，那我就死在你面前。你说，你会高兴一些吗？’她沉思起来，那双乌溜溜的眼睛依旧盯着他，然后嫣然一笑，点点头表示同意。他握住她的手，要她吻他。她无力地抗拒着，只是反复说：‘啊，啊，别，别……’他缠住不放；她哆嗦着，哭了。她说：‘我是你的俘虏，我是你的奴隶，你当然可以强迫我。’说着又哭了。

“毕巧林用拳头捶着脑门，奔到另一个屋子里。我走进去看他；他正抄着手神情忧郁地在那儿踱来踱去。我问他：‘你怎么啦，老弟？’他回答说：‘她不是女人，是个妖精。不过我向您保证，她一定是我的人……’我摇摇头。‘您愿意打赌吗？’他说，‘过一个星期瞧吧！’我说：‘好！’我们相互击了一下掌，就分开了。

“第二天他就派一个专差到基兹略尔去买东西。买回来的波斯料子五光十色，多得数也数不清。

“他把那些东西拿给我看，问我：‘您看怎么样，马克西姆·马克西梅奇，那个亚细亚美人挡得住这样的排炮吗？’我回答说：‘您不了解契尔克斯女人，她们跟格鲁吉亚女人或者外高加索的鞑靼女人不一样，根本不一样。她们有她们的规矩，她们受的教养不一样。’毕巧林笑了笑，嘴里用口哨吹起了一支进行曲。

“果然不出我所料，那些礼物只起了一半作用，她变得比较温柔和相信人了，但也不过如此。于是毕巧林决定打他的王牌。有一天早晨，他吩咐备马，自己一身契尔克斯人打扮，全副武装走进她的屋子。他说：'贝拉！你知道我多么爱你。当初我决定把你弄出来，满以为等你了解了我就会爱我。我错了。别了！我的一切东西都留给你去处理；你可以回到你父亲那儿去，你自由了。是我对不起你，我该惩罚我自己。别了！至于我上哪儿去，连我自己也不知道！我恐怕不久就会尝到枪弹或者马刀的滋味，到那时希望你会想起我，饶恕我。'他转过身子，伸手向她告别。她没有握他的手，也不说话。我站在门外，但从门缝里可以望见她的脸。我也觉得很难受；她那张可爱的脸蛋苍白得像死人一样！毕巧林没听到回答，就向门口走了几步。他身子直打哆嗦。说实话，我想他真会照自己说着玩儿的话去做呢。他生来就是这样的人，真是天知道！可是他刚一碰到门，她就跳起来，哇的一声哭出来，扑过去，一把搂住他的脖子。您也许不相信，我当时站在门外也哭了，嗯，也不是哭，就是这么……哼，我有点傻了！……"

上尉沉默起来。

"是的，说实话，"他随后捋捋小胡子说，"我当时觉得有点儿伤心，因为从来就没有一个女人这样爱过我。"

"他们的幸福日子过了很久吗？"我问。

"是的，她后来向我们坦白，说自从见了毕巧林之后就常常梦见他，还说从来没有一个男人这样叫她一见倾心。是啊，他们过得可幸福啦！"

"这太乏味了！"我不由得叫起来。是的，我满以为会有个悲剧性的结局，哪知我的希望一下子落空了！……“难道她的父亲没料到她在你们的要塞里吗？”我又问。

“嗯，他多半怀疑过的。可是过了几天，我们就听说老头子被人打死了。事情是这样的……”

我又来劲了。

“先得告诉您，卡兹比奇还以为阿扎玛特是得到他父亲同意才偷他的马的，至少我这么看。有一次他在路旁守着他，离开村子大约有六里地。老头子正好出去找女儿，空着一双手回家。他的侍从们都落在后头，当时天刚黑，他正想着心事，骑着马慢吞吞地走着。卡兹比奇突然像猫似的从树丛后面蹿出来，从他背后跳上他的马，一剑把他劈下马来，自己就抓住缰绳，一溜烟跑了。有几个侍从在小山上看到这情景，奔上去追赶，可是没有追上。”

“他总算为了失马出了一口气，报了仇了。”我说，想引对方说出他的意见来。

“当然，照他们看来，他做得一点儿也不错。”上尉说。

俄罗斯人善于适应他们所在地那个民族的风俗习惯，这种能力不由得使我惊奇。我不知道这种能力应受到谴责还是值得赞美，但这足以证明他们具有不可思议的灵活性和通情达理的想法，即一旦看到罪恶无可避免或无法消灭时就加以宽恕。

这时候，茶喝完了；早已套好的马在雪地里冷得打颤；月亮在西方渐渐暗淡，快要没入像撕破的幕布一样悬在远处峰峦上面的乌云里去；我们走出了石头房子。跟我旅伴的预言相反，天气晴朗了，预示我们将有一个宁静无风的早晨。群星像奇妙的花边交织在遥远的天幕上，随着暗紫色的苍穹在东方渐渐发白而逐一消失，朦胧的曙光正逐渐照射到白雪皑皑的峻峭山坡上。左右都是黑魆魆的神秘的深壑；迷雾缭绕着，像蛇一般蟠曲着，沿着附近山岩的裂罅向深壑那边爬去，仿佛感到并且害怕白天的来临。

空中和地上都很宁静，就像一个人在晨祷时的心境；只偶尔从东方吹来一阵凉风，吹动着蒙着霜花的马鬃。我们动身了。五匹瘦马费力地沿着曲折的道路把我们的车子拉上古德山；我们跟在后面步行。每当马拉不动的时候，我们就用石头硌住车轮。这条路仿佛一直通到天上，因为极目望去，它始终往山顶伸展上去，最后又消失在白云深处——那白云从黄昏起就歇在古德山的峰顶上，好像一只守候猎物的老鹰。雪在我们的脚底下飒飒发响。空气很稀薄，呼吸都感到有些困难。血不断地涌到头上，但同时有一种快感传遍我周身的血管。想到我这样高高登到世界的顶上，心里自有一种说不出的快乐。不用说，这自然是一种孩子气的感情，但是当我们远离尘世而跟大自然接近时，大家都不由得变成孩子了：心灵摆脱了后天压在身上的种种负担，恢复了本来面目，或者说，有朝一日会重新出现的面目。谁只要像我一样漫游过荒山野岭，长期欣赏过它们超凡的雄姿，并且贪婪地吞吸过泛滥在峡谷间的清新空气，谁就自然会理解我为什么要介绍、叙述和描写这些魅人的景色。啊，我们终于爬到了古德山的顶上，歇下来往四下里眺望：山顶之上悬着一大片灰云，它那阴冷的气氛，咄咄逼人地预示着风雨将临，但东方依旧是一派黄澄澄、明晃晃的曙光，使我们——我和上尉——根本忘记了那片阴云……是的，连上尉也把它忘记了：

普通人的心灵对于大自然的雄伟壮丽的领悟，原比我们这些喜爱舞文弄墨、夸夸其谈的人强烈百倍、敏锐百倍啊。

“我想，您对这些壮丽的景色该早就习惯了吧？”我问他说。

“是啊，就是对子弹的啸声也能习惯的，也就是说，能习惯于藏起情不自禁的心悸。”

“可我听说，有些老战士还觉得这种音乐挺动听呢。”

“当然，您也可以说这种音乐很动听，但这只是因为心跳得更加剧烈罢了。您瞧，”他又指着东方说，“那边多美啊！”

真的，这样迷人的景色恐怕哪儿也见不着：我们的下面是科依索尔谷地，谷地里贯穿着阿拉格瓦河和另一条河，仿佛两根银线；淡蓝色的迷雾在谷地上流动着，受到温暖的曙光的照耀，向附近的峡谷飘去；左右都是白雪皑皑、灌木丛生的山脊，一个比一个高，它们互相交错，绵延不绝；远方是同样的山岭，但没有两个山岩形状彼此相似，而山上的积雪又那么喜气洋洋、那么光辉灿烂地闪耀着玫瑰红的色彩，使人真想在这儿待上一辈子；太阳稍稍从暗蓝色的山岭后面露出脸来，只有看惯这种景色的眼睛才能把山岭同阴云分辨开来；但太阳上面有一条血红的彩霞，特别吸引了我那位旅伴的注意。“我不是对您说过吗，”他大声说道，“今儿个不会有好天气。得赶紧赶路，要不然我们会在十字架山那儿遇到风雨的。走吧！”他对车夫们喊道。

车夫们把铁链放在轮子底下代替刹车，免得车子滑下去，同时拉住马笼头，开始下坡。右边是悬崖，左边是个深谷，这个谷是那么深，以致谷底的一个奥塞梯人村庄看上去就像个小小的燕子窝。

当我想到在这条两辆马车都不能错过的山路上，一个驿车夫每年总得有十来次坐在他的老爷马车上深夜经过这儿，我不禁打了个寒噤。在我们的车夫中间，有一个是俄罗斯的雅罗斯拉夫农民，还有一个是奥塞梯人。这奥塞梯人预先解下前面的两匹马，十分留神地拉着辕马的笼头下坡，而我们那个无忧无虑的俄罗斯老乡甚至没从驭座上跳下来！我对他说，他至少也该注意一下我的皮箱，因为我可不愿意为了这个皮箱爬到深谷里去。他却回答我说："嘻，老爷！老天爷保佑，咱们准能到达目的地，决不会落在人家后头的，咱又不是头一次走这条路！"他说得对：看来似乎走不到，结果还是到达了目的地。要是人人都能仔细想一想，那就会相信，对生活确实不必过分认真。

不过，你们也许想知道贝拉这个故事的结局吧？首先得声明，我不是在写小说，而是在写旅行笔记，因此，在上尉未主动讲出来之前，我不便请他把故事讲下去。那么，只好请诸位等一下了，要不你们索性跳过几页去看，但我并不奉劝诸位这样做，因为翻越十字架山（或者像有学问的刚巴那样把它叫作圣克里斯托山）[1]是值得注意的。我们就这样从古德山走下契尔托夫谷……哦，这真是个罗曼蒂克的名字啊！你们也许以为会看到高不可攀的悬崖夹峙的鬼窟吧？其实根本不是这么一回事。原来契尔托夫谷是根据"契尔塔"（边界）一词，而不是根据"巧尔特"（鬼）一词得名的，因为这里原是格鲁吉亚的边界。这谷里积满雪，使人很容易联想起萨拉

1 刚巴（1763—1833），法国驻第弗里斯领事，著有高加索游记。他在书中把十字架山（克里斯托夫山）误称为圣克里斯托山（原文为英文）。莱蒙托夫因此嘲讽地称他为"有学问的"。

托夫、唐波夫和祖国其他许多可爱的地方。

“喏，这就是十字架山！”我们走下契尔托夫谷时，上尉指着一座盖满雪的小山说。山顶上有一个黑魆魆的石头十字架，十字架旁边有一条依稀可辨的路，但只有当山边的路被大雪封住时，人们才走这条路。我们的车夫说，现在还没有雪崩，但为了爱护马匹，就领我们绕着山走。我们在道路转弯的地方遇见五个奥塞梯人，他们主动过来帮助我们：把住车轮，一边叫嚷，一边拖拉和护住我们的马车。这条路确实危险：右边，我们的头上悬着大堆的积雪，似乎只要起一阵风就会崩落到谷里；狭隘的路上部分盖着雪，有些地方脚踩上去就坍塌了，有些地方由于白天阳光的照耀和夜晚严寒的冰冻，雪都结成了冰，因此走起路来就很费力，马匹常常滑倒；左边是一条深邃的裂罅，山泉在那里流过，它时而覆着一层薄冰，时而在黑色的石块间跳跃激荡，泛起层层白沫。我们花了两个钟头，才绕过了十字架山——四里路走了两个钟头！这当儿，乌云低低地下沉着，落起冰雹和雪花来了；风灌进峡谷里，怒号着，呼啸着，好像传说中的夜莺大盗。不多一会儿，石头十字架就没入迷雾中——迷雾好像波浪，越来越浓，从东方滚滚而来……顺便提一下，关于这十字架有一个古怪而流行的传说，说它是彼得一世路过高加索时竖立的。其实毫无根据，一则彼得一世当时只到过达吉斯坦，二则十字架上明明用大字写着，是根据叶尔莫洛夫将军的命令建立的，建立的年份正好是1824年。虽然上面有着题字，传说却根深蒂固，弄得你真不知道相信什么才好，何况我们向来是不信题字的。

我们得沿着结冰的山坡和泞滑的雪地往下再走十里路，才能到达科比站。马都筋疲力尽了，我们也冷得直打哆嗦；风雪刮得越发猛烈，就像我们北国老家的暴风雪，只是它那粗犷的吼声更加悲怆而凄凉。我心里想："哦，你这个被放逐的，你也在为离开你那自由自在的辽阔草原而痛哭吧！？在那边你可以尽量展开寒冷的翅膀，可是在这里呢，你感到狭窄、气闷，好像笼中的鹰，一边叫，一边冲撞着铁笼子。"

"糟了！"上尉说，"您瞧，除了雾和雪，四下里什么也看不见，咱们可得留神，别滚进山沟或者跌到窟窿里去，下面的巴依达拉河恐怕也涨了水，过不去了。亚细亚就是这个样子！人也罢，河也罢，都是一点也靠不住的。"车夫们边嚷边骂地打着马，但不管鞭子怎样呼呼地叫啸，马却喷着鼻子，用脚抵住地面，死也不肯移动一步。终于有个车夫说："老爷，今儿个咱们到不了科比啦，不如趁早拐到左边去，您看好吗？喏，那边山坡上黑乎乎的，大概是座石头房子吧。过路人遇到坏天气，总是在那边落脚的；他们说，您要是肯赏几个酒钱，他们可以带路。"他指着一个奥塞梯人补充说。

"知道，知道，老弟，你不说我也知道，"上尉说，"这些骗子！就是会抓住机会多弄些好处，要酒钱。"

"可您得承认，要是没有他们，咱们会更糟的。"我说。

"还不是一样，还不是一样，"他嘟囔道，"去他妈的这些向导！他们最留意哪儿可以捞一把，仿佛没有他们，人家就找不到路了。"

我们向左边走去，费了好大劲才到达那个简陋的歇脚处。这是两所用石板和圆石砌成的平屋，围着同样的石墙。衣衫褴褛的主人亲切地招待了我们。我后来才知道，是政府养活他们，要他们专门招待被风雨所阻的旅客的。“这下可好多了，”我在火边坐下说，“现在请您把贝拉的故事给我讲完吧！我相信一定还没完。”

“您为什么这样想呢？”上尉狡猾地笑着向我挤挤眼，应声说。

“因为就这样结束不合乎情理：凡事开头不寻常，收场也一定不平凡。”

“算被您猜着了……”

“那我太高兴啦。”

“您倒高兴，可我一回想起来，实在伤心啊。真是个好姑娘，那贝拉！后来我跟她搞熟了，把她当女儿看待，她也很喜欢我。我得告诉您，我没有家，父母音讯全无，差不多有十二年了。以前我也根本没想到要娶个老婆，如今呢，您也明白，可不合适了，因此有个人让我疼，我也挺高兴。她常常唱歌给我们听，跳列兹庚舞给我们看……哦，她舞跳得可好啦！我们省城里的小姐我见得多了，有一次在莫斯科我还到过贵族俱乐部，那是二十年前的事了，可是她们跳的舞算得了什么，太不像样了！……毕巧林把贝拉打扮得像个布娃娃，照顾她，抚爱她。她在我们那儿长得可好啦！脸上和胳膊上晒黑的皮肤变白了，腮帮上泛起了红晕，她总是那么快活，老拿我开玩笑，这鬼丫头……老天爷饶恕她吧！……”

“你们把她父亲的死讯告诉她，她怎么样啊？”

“在她没有习惯新的环境以前，我们把这事瞒了她好一阵。我们告诉她以后，她哭了两天，后来也就忘记了。”

“有四个月的时间过得美满极了。我好像已经说过，毕巧林非常喜欢打猎，常常到树林子里去打野猪或者山羊。如今呢，他连要塞的围墙外面都不去了。但不久，我看见他又双手抄在背后，在屋子里踱来踱去想心事。有一天，他终于对谁也不说一声，自个儿打猎去了，整个早晨都见不着他的影子。以后一次又一次，去得越来越多了……我想：糟了，他们之间准出了什么事！

"有一天早晨我去看他们，看见这样一个景象：贝拉穿了件黑绸短棉袄坐在床上，脸色苍白，神情那么悲伤，使我吃了一惊。

"'毕巧林呢？'我问。

"'打猎去了。'

"'今天去的吗？'她不做声，仿佛说不出话来。

"'不，还是昨天去的！'她终于深深地叹了一口气说。

"'他该不会有什么事吧？'

"'我昨天整天一直想着，想着，'她含着眼泪说，'我想到了各种各样的意外：一会儿我怕他被野猪咬伤，一会儿又怕他被车臣人捉到山里去……可今天我想，准是他不爱我了。'

"'嗨，宝贝，你可别尽胡思乱想啊！'她哭了，接着又高傲地昂起头，擦掉眼泪，继续说：

"'要是他不爱我，又有谁会拦着他不把我送回家去呢？我不勉强他。再这样过下去，那我自己走好了。我又不是他的奴隶，我是王爷的女儿！……'

"我就开始劝她：'听我说，贝拉，总不能叫他一辈子坐在这儿，就像钉在你的裙子上似的。他是个年轻人，喜欢打打野味，出去一下又会回来的。你要老是愁眉苦脸，那他很快就会讨厌你的。'

“‘对，对，’她回答说，‘我要快活起来！’她哈哈大笑，拿起铃鼓，又是唱歌又是跳舞，在我旁边跳来跳去。但没有跳多久，她又倒在床上，双手蒙住了脸。

“叫我拿她怎么办呢？您知道，我从来没有跟女人打过交道。我想了又想，该怎样安慰她呢，可是什么主意也想不出来。我们两人就这样默默地待了一会儿……这局面真叫人难过极了！

“最后我对她说：‘你愿意的话，咱们到围墙那边去溜达溜达吧，天气真好啊！’这是9月里的事，天气确实很好，又明朗，又凉爽；山岭的轮廓显得特别清晰。我们走出屋子，沿着要塞的围墙默默地踱来踱去。后来她在草地上坐下，我就坐在她的旁边。唉，想起来真可笑，我跟着她跑来跑去，就像个保姆一样。

“我们的要塞在高地上，从围墙上望出去景色美极了：一边是辽阔的旷野，中间有几道深沟，尽头处是座树林子，一直伸展到山脊上，旷野上还有几个炊烟缭绕的村庄和一些来来往往的马群；另一边是条小河，稠密的灌木林，覆盖着那些跟高加索主脉连接的岩石高地，一直伸展到河边。我们坐在棱堡的角上，两边的景象都一目了然。我忽然看到，有个人骑匹灰马从树林子里出来，越来越近，越来越近，终于在河对岸离我们两百米开外的地方停住了，并且像疯子似的，把胯下的马抽得团团打转。这是什么把戏啊！……我就说：‘你来看看，贝拉，你年纪轻眼力好，这骑马的人是谁，他来要把戏给谁看啊？……’

“她一望就叫起来：‘是卡兹比奇！……’

“‘哦，原来是这个强盗！他这是跑来取笑我们吗？’我仔细一看，果然是卡兹比奇：他那张黑黑的丑脸，身上的衣服像平时一样又破又脏。贝拉抓住我的手说：‘那匹马是我父亲的。’她身子抖得像树叶子，眼睛闪闪发亮。我心里想：‘哼！宝贝，你身上也有强盗的血统呢。’

“我对哨兵说：‘过来，拿枪瞄准好，替我把那个强盗干掉，我赏你一个银卢布。’他回答说：‘是，大人。可是他不肯站住……’我笑着说：‘那你命令他站住吧！’……那哨兵就向他挥挥手喊道：‘喂，老朋友！你站一会儿，干吗像个陀螺似的转个不停啊？’卡兹比奇真的站住，留神听着。他准以为我们要跟他谈判了——别做梦啦！……我的枪手把枪托上肩……砰！……没有打中，只见火药在药池里亮了亮。卡兹比奇把马一夹，马就跳到一边去了。他站在马镫上，用土话嚷了两句，又用鞭子威吓我们一下，一溜烟跑了。

“‘你怎么不害臊啊。’我对哨兵说。

“‘大人！他送命去了！’他答道，‘这种该死的东西，你一下子是打不死的。’

“过了一刻钟，毕巧林打猎回来了。贝拉扑上去搂住他的脖子，对于他出去这么久，既没有一句怨言，也没有一声责备……可我倒生起他的气来了。我对他说：‘哦，老弟！刚才卡兹比奇到这儿河对岸来过了，我们向他开过枪。唉，您不久也会碰上他的。这些山里人有仇必报。您以为他不会想到是您帮了阿扎玛特的忙吗？我敢打赌，他今天准认出贝拉来了。我知道一年前他非常喜欢贝拉，他亲口对我说过，要是他能弄到一份像样的聘礼，他一定去向她求婚……’毕巧林沉思了一会儿，回答说：‘对，得留点儿神……贝拉，

从今天起,你就别再到围墙这儿来了!’

“晚上我跟他作了一次长谈。我感到气恼,因为他对这可怜的姑娘变了心。再说,把一半时间耗在打猎上,他变得冷淡了,难得跟她亲热。她显然瘦了,她的脸儿变长了,一双大眼睛失去了光彩。有时候你问她:‘你为什么叹气啊,贝拉?你伤心吗?’——‘不!’——‘你需要什么吗?’——‘不!’——‘你在想念亲人吗?’——‘我没有亲人。’往往整天除了‘是’和‘不’之外,你什么话也问她不出来。

“喏,我跟他谈的就是这件事。他回答我说:‘您听我说,马克西姆·马克西梅奇,我这人的性格很不好。是我所受的教育把我变成这样的,还是上帝赋予我的,我不知道。我只知道,如果我造成了别人的不幸,那我自己也并不比别人幸福。当然,这并不能给人什么安慰,可是事实如此,又有什么办法?在我很年轻的时候,自从我脱离了父母的保护,我就开始纵情享受一切可以用金钱买到的欢乐。自然啰,这些欢乐也使我感到腻烦了。后来我踏进了上流社会,但不久这个社会也使我厌倦了。我爱上交际场中的美人儿,也被她们所钟情,可是她们的爱情只能激发我的幻想和虚荣,我的心仍旧空虚得很……我开始读书,学习,可是学问也使我厌倦了。我看出,荣誉也罢,幸福也罢,都跟学问毫无关系,因为最走运的人往往肚子里没有一点墨水,成功了就有荣誉,而要取得成功,只要手腕灵活就行。于是我又感到无聊……不久我被调到高加索:这是我一生中最幸福的日子。我原来希望在车臣人的子弹下不会再感到无聊,可是希望落空了。过了一个月,我对子弹的嗖嗖声和死亡的临近完全习惯了。说实话，它们还不如蚊子的嗡嗡声更能引起我的注意。我比以前更加苦闷，因为我几乎连最后的一点希望都丧失了。当我在屋子里看见贝拉，当我第一次把她抱在膝上吻着她那乌黑的鬈发时，我这个傻瓜，还以为她是老天爷可怜我，给我送来的天仙呢！……我又错了：野姑娘的爱情比贵妇人的爱情好不了多少；野姑娘的淳朴无知也同贵妇人的卖弄风情一样使人厌倦。如果您要我非爱她不可，我还可以再爱她，我感谢她给了我片刻温存。我可以为她献出生命，可是我跟她在一起感到无聊……我是个傻瓜还是坏蛋，我自己也不知道。但有一点是事实：我也是很可怜的，也许比她更可怜。我的灵魂已被尘世糟蹋，我的思想骚乱不安，我的心永远不知足。什么事情都不能使我满足，我对悲伤就像对欢乐一样容易习惯，我的生活一天比一天空虚，我只剩下一个办法：旅行。只要一有机会我就动身——但决不去欧洲！——我要到美洲，到阿拉伯，到印度去，说不定我会在什么地方死在半路上！至少我相信，由于暴风雨的冲击和泥泞道路的磨砺，这种最后的安慰才不会很快地消失。’他就这样讲了好半天，他的话深深地印在我的心里，因为我还是生平第一次从一个二十五岁的人嘴里听到这样的话——但愿这也是最后一次……真是怪事！您倒说说，”上尉继续对我说，“您好像前不久在京城里待过，难道那边的年轻人都是这样的吗？”

我回答说，讲那种话的人很多，其中有一些人说的也是实话。不过悲观绝望的情绪也像一切时髦风气那样，多半从上层社会开始，再传到下层，然后散布开来。如今真正感到最苦闷的人却竭力掩盖这种不幸，就像掩盖过错一样。上尉不了解这种奥妙，摇摇头，狡猾地笑了笑说：

“这种颓废的时髦病该是法国人传进来的吧？”

“不，是英国人。”

“哦，原来如此！……”他答道，“他们本来都是些混蛋透顶的酒鬼！”

我不禁想起了莫斯科的一个贵夫人，她硬说拜伦只是一个酒鬼罢了。不过，上尉的意见是情有可原的：为了戒酒，他就竭力使自己相信，世界上的一切不幸都是酗酒造成的。

接着，他又继续讲他的故事：

“卡兹比奇没有再露面。可是不知怎的，我的头脑里怎么也摆脱不掉这样的念头：他那次来决不是无缘无故的，他准是在打什么鬼主意。

“有一次毕巧林劝我跟他一起去打野猪，我推托了半天。说实在的，野猪对我来说有什么稀奇！可是他硬把我拉去。我们带了五个兵，一早出发。我们在芦苇丛和树林子里兜来兜去，直到十点钟，还没见到一只野兽。我就说：‘喂，回去吧！干吗这样死心眼儿呢？今儿个显然不是个好日子。’可是毕巧林不愿空手回去，虽然天又热，人又疲劳。他就是这样一个人：想干什么就干什么，显然小时候被他妈妈宠坏了。直到中午，总算搜到一只该死的野猪——砰！砰！没有打中，那畜生蹿到芦苇丛里去了……真是个倒霉的日子……我们稍稍歇了一会儿，就动身回家。

“我们松开缰绳，并排骑着马，一言不发，眼看就要到要塞了，可是一片矮树挡住我们的视线，看不见要塞那边的房子。忽然一声枪响……我们对望了一眼：同样的猜疑使我们大吃一惊。我们慌忙向发出枪声的地方驰去，一看：围墙上的兵士聚在一起，都指着田野，田野上有一个人骑着马在拼命飞跑，手里抓住搁在马鞍上的一件白色的东西。毕巧林大叫一声，声音不比任何车臣人差。他从套子里抽出枪，放马向那儿奔去，我也跟着驰去。

“幸亏打猎不顺利，我们的马还没有累坏，一个劲儿地飞跑。我们眼看着离那人越来越近……我终于认出是卡兹比奇，但是看不出他手里抓着的是什么。我赶上毕巧林，对他嚷道：‘这是卡兹比奇啊！’……他向我瞧瞧，点点头，给了马一鞭子。

“我们终于逐渐追上了他，这时他已在我们的射程之内了。不知卡兹比奇的马是累坏了，还是没有我们的马好，总之，不管他怎样使尽办法，那马还是跑不快。我想，这当儿他该想起他的黑眼睛了吧……

“我一看，毕巧林一面飞跑，一面用枪瞄准他……我对他喊道：‘别开枪！节省子弹，我们这就追上他了。’哼，这小伙子！总是在不该性急的时候性急……结果枪响了，子弹打穿了马的一条后腿。那马又暴跳了十来次，腿一软就跪下来了。卡兹比奇跳下马，这时我们才看见他手里抱着一个用披巾裹着的女人……这是贝拉……可怜的贝拉！卡兹比奇用土话向我们大叫大嚷，把短剑举到她头上……事不宜迟，我也开了一枪，打中了。子弹准是打中了他的肩膀，因为他突然垂下了胳膊。等到硝烟一散，只见地上横着一匹负伤的马，马旁边躺着贝拉，卡兹比奇丢下枪，像只猫似的顺着矮树丛，向峭壁上爬去。我真想把他从那儿打下来，可惜装好的弹药没有了！我们跳下马，向贝拉奔去。这可怜的姑娘，她躺着一动不动，血像泉水一样从伤口涌出……那个恶棍，要是给她当胸一刀倒也罢了。嗯，那样一下子也就完结了。可是他戳在她的背上……这真是最毒辣的强盗手法！她失去了知觉。我们撕开披巾，把她的伤口紧紧扎住。毕巧林吻吻她冰凉的嘴唇，但没有用，怎么也不能使她苏醒过来。

“毕巧林骑上马。我把贝拉从地上抱起来，勉强放在他前面的马鞍上。他用一只手搂住她，我们就骑马往回走。沉默了几分钟，毕巧林对我说：‘我看，马克西姆·马克西梅奇，咱们这样走法可不能把她活着带回家了。’我说：‘是啊！’于是我们就拼命纵马飞跑。要塞门口有一群人在等我们。我们小心翼翼地把负伤的姑娘抬到毕巧林的屋子里，同时派人去请大夫。大夫虽然喝得醉醺醺的，但还是来了。他验了伤，说她活不到一天，可是他错了……”

“她好了吗？”我抓住上尉的胳膊，不由得高兴地问道。

“没有，”他回答说，“大夫错了，因为她又活了两天。”

“您倒讲讲，卡兹比奇是怎样把她弄到手的？”

“是这样的：那天贝拉不听毕巧林的话，离开要塞，走到小河边上。您知道，那天天气特别热，她坐在石头上，把脚浸在水里。哦，那个卡兹比奇就悄悄地走过来，把她一把抓住，捂住嘴，拖到矮树丛里，跳上马，就跑了！她喊起来。哨兵们都慌了手脚，开了枪，可是没有打中，接着我们也赶到了。”

“为什么卡兹比奇要把她弄走呢？”

“说实话，那些契尔克斯人都是出名的贼种，什么东西没放好，他们就来个顺手牵羊，就是用不着的东西他们也要偷……他们生来就是这样，没办法！再说他早就喜欢她了。”

“那么贝拉死了吗？”

“死了；不过受了好一阵折磨，我们陪着她也难受极了。晚上十点钟光景，她苏醒过来。我们坐在床边，她一睁开眼睛就唤毕巧林。‘我在这儿，在你身边呢，我的心肝！’他握住她的手回答。她说：‘我要死了！’我们都安慰她，说大夫答应一定把她治好。她摇摇头，把脸转到墙壁那边去：她可不愿死啊！……

“夜里她说起胡话来了。她的头发烧，有时浑身上下热得打颤。她断断续续地提到父亲和弟弟，她想到山里去，回家去……后来她又提到毕巧林，用种种亲热的称呼叫唤他，还怪他不再爱他的心肝了。

“他默默地听着她的话，头伏在手上，可是我始终没有看见他的睫毛上沾过一滴眼泪。他是真的哭不出来呢，还是勉强克制着，我可说不上来。至于我啊，这样凄惨的事还从来没见过。

“天快亮的时候，她不再说胡话了。她一动不动地躺了一小时光景，脸色苍白，身体虚弱得呼吸都看不大出来。后来稍微好一点，她又说话了，可是您想她说了些什么啦？……那种念头只有临死的人才会有！……她感到伤心的是她不是个基督徒，说什么到了阴间她的灵魂永远不能和毕巧林的灵魂相会，还说什么到了天堂里别的女人将做他的伴侣。我忽然想到在她临死的时候给她施洗礼,我向她提出这意见。她对我望望,拿不定主意,好半天说不出话来。最后她回答说,她生下来信什么,死的时候也信什么。就这样过了一整天。这一天里她变得多厉害啊!……苍白的腮帮陷了下去,两只眼睛变得更大了,嘴唇烧焦了。她感到身体里面热得要命,仿佛胸口放着一块烧红的铁。

“在这一天一夜,我们都没有合过眼,也没有离开过她的床边一步。她痛苦极了,呻吟着,只要疼痛稍微减轻一些,她就竭力要毕巧林相信她好些了,劝他去睡觉,又吻吻他的手,捉住他的手不放。天亮以前,她感到死的痛苦,开始在床上翻来覆去,挣掉绷带,结果血又流了出来。等到人家给她扎好伤口,她安静了一会儿,就要求毕巧林吻她。他跪在床边,把她的头从枕头上稍稍抬起一点,把自己的嘴唇紧贴在她那越来越冷的嘴唇上,她用发抖的双手紧紧搂住他的脖子,仿佛要在这一吻中把自己的灵魂交托给他……哦,她还是死了的好!要不然毕巧林把她遗弃了,她又会怎样呢?而这件事早晚总要发生的……

“第二天上半天,她很安静,沉默,听话,也不管我们那位大夫怎样用种种热敷剂和药水折磨她。我对大夫说:‘对不起,您不是亲口说过她一定活不成吗,那么还用您那些个药干什么呀?’他回答说:‘到底好一些,马克西姆·马克西梅奇,这样良心可以平静些。’哼,好一个良心!

“午后,她开始觉得干渴。我们打开窗子,可是外边比屋子里更热。我们在床边放上冰块,可是一点也没有用。我知道这种难

堪的干渴是临终的征象。我把这告诉了毕巧林。她从床上欠起身来，哑着嗓子说：‘水，水！……’

“毕巧林的脸变得像白布一样白，他抓起一只杯子，倒满了水给她喝。我用双手掩住眼睛，念起祈祷文来，但记不得都念了些什么……说实话，老弟，在医院里和战场上，死人的事我见得多了，可是都跟这一次不一样，完全不一样！……还有，说实话，我感到伤心的是，她临终以前一次也没有想起我，我却像父亲那样疼着她呢……唉，上帝饶恕她！……凭良心说，我算个什么人，要人家在临终前一定想起我？……

“她喝过水，立刻觉得好过一些，可是过了三分钟光景就死了。我们把一面镜子放在她的嘴唇上，镜子没有上雾！……我把毕巧林从屋子里拉出来，往要塞围墙那儿走去。我们把手抄在背后，并排来回踱了好半天，一句话也没说。他的脸上一点特别的表情也没有，这使我很恼火。我要是处在他的地位，一定会悲痛死的。后来他在树荫下坐下，拿起一根棒子在砂上乱画。说实话，我多半是出于礼貌想要安慰安慰他，就说起话来，他却抬起头来笑了……这笑声使我浑身发凉……我就走开了，去买棺材。

“老实说，我做这事一半也是为了排遣悲伤。我有一块缎子，就拿它罩在棺材上，再用毕巧林买给她的那些契尔克斯银带子做装饰。

“第二天一早，我们把她安葬在要塞外面的小河旁边，靠近她最后坐过的那个地方。如今她的坟墓周围已经长满了刺槐和接骨木。我原想安上一个十字架，可是又觉得不合适：她到底不是基督徒……”

“那么毕巧林怎样啦？”我问道。

“毕巧林病了好久，人也瘦了，这可怜的家伙。不过，从那时起，我们再也没提到过贝拉：我知道他听了心里难过，何必再提这件事呢？大约过了三个月，他就被调往××团，上格鲁吉亚去了。我们从此再没有见过面。哦，对了，不久前有人告诉我，说他回俄罗斯去了，可是在兵团的调令里并没有见到他的名字。不过，消息传到我们这儿总是很迟的。”

谈到这里，他发了一大套议论，说什么外界的消息往往要隔一年才能传到这地方，真是不痛快，但他说这话多半是为了冲淡悲痛的回忆。

我没打断他的话，也没有去听他。

过了一小时，可以上路了。暴风雪停了，天也放晴了，我们就继续赶路。路上我不由得又谈到了贝拉和毕巧林。

“您没听说卡兹比奇后来怎样了吗？”我问他说。

“卡兹比奇吗？哦，说实话，我不知道……我只听说在右翼阵地上，在沙普苏格人[1]那儿有个叫卡兹比奇的，胆子大得很，常常身穿大红短褂，骑着马在我们的枪弹底下慢吞吞地走着，每当子弹嘘的一下从他身边飞过时，他只彬彬有礼地低下头去。但不见得就是那一个吧！……”

我跟马克西姆·马克西梅奇在科比分手。我坐的是驿车，他因

1　沙普苏格人，契尔克斯族中的一支。

为行李太重跟不上我。我们都没想到还有机会再见面，可是后来我们又重逢了。如果你们愿意听的话，我可以讲一讲：这可是一个长故事呢……不过，你们是不是承认马克西姆·马克西梅奇是个值得尊敬的人？……只要你们承认这一点，那么，再讲一个看来也许太长的故事，我也是甘心乐意的。

二、马克西姆·马克西梅奇

我跟马克西姆·马克西梅奇分手以后，匆匆地驰过捷列克峡谷和达利亚尔峡谷，在卡兹贝克吃了早点，在拉尔斯喝了茶，晚饭以前才赶到弗拉迪卡夫卡斯。我不想用山岭景色的描写，空洞的赞叹，特别是不曾身临其境的人简直无法想象的图画，以及肯定不会有人看的统计数字来烦渎诸位。

我投宿在一个过往客商经常歇脚的旅店里，可是店里没有人会炸野鸡，烧菜汤，因为在那里服务的三个残废军人，不是笨得要命，就是醉得稀里糊涂，毫无用处。

人家对我说，我得在这儿再待上三天，因为从叶卡杰林诺格勒来的“奥卡西亚”[1]还没有到，暂时不能动身。什么“奥卡西亚”啊！……一句拙劣的俏皮双关语是安慰不了一个俄罗斯人的。于

1　奥卡西亚（оказия），在俄文中可作“机会”和“护送队”解，这里是双关语。

是我就想把马克西姆·马克西梅奇讲的关于贝拉的故事写下来作为消遣，却没料到它会成为一组小说的第一环。你们瞧，有时候一件小事情也会引起严重的后果！……你们也许不知道什么叫“奥卡西亚”吧？这是由半连步兵和一门大炮组成的掩护队，专门护送辎重，从弗拉迪卡夫卡斯出发，经过卡巴尔达，到叶卡杰林诺格勒去。

第一天我过得很无聊。第二天一早，有辆车赶进院子里来……哦！原来是马克西姆·马克西梅奇！……我们像老朋友一样见面了。我请他住到我的屋子里。他并不拘礼，还拍拍我的肩膀，噘着嘴笑笑。真是个怪人！……

马克西姆·马克西梅奇在烹饪方面很有一手：他炸野鸡炸得十分出色，加酸黄瓜汁也加得恰到好处。说实话，要是没有他，我恐怕只好吃干粮了。一瓶卡汗金葡萄酒使我们忘记了只有一道菜的菲薄伙食。我们点着了烟斗，坐下来：我坐在窗口，他坐在炉子旁边，炉子生着火，因为天气又潮又冷。我们不做声。叫我们谈什么好呢？……他已经把他那些有趣的事全讲给我听了，而我又没有什么东西可讲。我望着窗外。捷列克河的河面越来越宽，河岸上星罗棋布的矮房子不时从树丛中显露出来；远处，群山好像一堵高低不平的青灰色围墙，群山后面矗立着像戴有雪白主教帽的卡兹贝克峰。我在心里跟高加索的群山告别，我真舍不得离开它们……

我们就这样坐了好一阵。太阳落到寒冷的峰峦后面去了，白茫茫的迷雾开始在谷地里扩散开来。这时街上传来一阵马车的铃声和车夫的吆喝声。几辆大车载着一批肮脏的亚美尼亚人驶进旅店的院子里，后面跟着一辆空的旅行马车。这辆车行动轻快，构造舒服，式样讲究，具有舶来品的特色。车后面跟着一个留浓密小胡子的人，身穿轻骑兵短外衣，这就一个跟班来说，是穿得满不错的了；而从他敲出烟斗里的烟灰和吆喝马车夫的那种神气活现的样子看来，他的身份是不会叫人弄错的。他显然是个被懒惰的东家惯坏了的仆人，倒有点俄国费加罗[1]的味道。我从窗子里对他叫道："喂，老朋友！是不是护送队到了？"他相当傲慢地对我瞧瞧，把领带拉拉好，就回过头去。一个在他旁边走着的亚美尼亚人笑嘻嘻地替他回答说，护送队确实到了，明天早晨就要回去。马克西姆·马克西梅奇这时走到窗前说："谢天谢地！"接着又添补道："多漂亮的马车啊！准是哪个官员到第弗里斯去侦查案件的。他显然不知道我们这儿的山道！不，朋友，那准不是咱们这一路人，居然坐了英国马车到这儿来！"——"那么是个什么人物呢？咱们去打听一下……"我们来到走廊里。走廊尽头有一扇敞开的通厢房的门。那跟班同马车夫正在往屋子里搬皮箱。

"喂，老兄，"上尉问他道，"这辆讲究的马车是谁的？……呃？……好漂亮的马车！……"那跟班并不转过身来，却一边解皮箱，一边嘀咕着什么。马克西姆·马克西梅奇火了，他拍拍这老粗的肩膀说："我在跟你说话呢，伙计……"

"谁的马车吗？……我家老爷的……"

"你家老爷是谁？"

1　费加罗，法国喜剧作家博马舍（1732—1799）名著《费加罗的婚礼》中机智的仆人。

“毕巧林……”

“什么？你说什么？毕巧林？……哦，老天爷！……他不是在高加索当过差吗？……”马克西姆·马克西梅奇拉拉我的袖子，叫道。他的眼睛喜气洋洋。

“大概当过吧——我跟随他还不久呢。”

“哦！……哦！……是葛利果里·阿历山德罗维奇吗？……人家是这样称呼他的吧？……我跟你家老爷是朋友呢！”他补充说着，亲切地拍拍那跟班的肩膀，拍得他身子都摇晃起来……

“对不起，先生，请您别打扰我了。”那人皱着眉头说。

“嚯，你这家伙！……不是对你说了，我跟你家老爷是老朋友吗？我们一块儿待过……眼下他在哪儿啊？……”

那仆人说毕巧林在H上校家里吃晚饭，还在他那儿过夜。

“那么他晚上不到这儿来了？”马克西姆·马克西梅奇说，“再不然，朋友，你没有什么事要去找他吗？……要是去的话，你就对他说一声，马克西姆·马克西梅奇在这儿。你就这样对他说好了……他准知道的……我给你八毛钱买酒喝……”

那跟班听到赏他的酒钱这么少，脸上就露出一副鄙夷不屑的神气，但还是向马克西姆·马克西梅奇保证一定照办。

“瞧吧，他马上就会赶来的！……”马克西姆·马克西梅奇得意洋洋地对我说，“我到门口等他去……唉，可惜我不认识H上校！”

马克西姆·马克西梅奇坐在大门外的板凳上，我就走进自己的屋子。老实说，我也有点急着要看看这位毕巧林呢。虽然听了上尉的故事，他给我的印象不太好，但他性格中的一些特点，我却感到是难能可贵的。过了一小时，一个残废军人送来一个沸腾的茶炊和一把茶壶。我就从窗口向他喊道："马克西姆·马克西梅奇，您不喝茶吗？"

"谢谢，我不想喝。"

"哎，来喝点吧！您瞧，时间不早了，冷得很呢！"

"没关系，谢谢……"

"好，那就听便吧！"我开始独自喝茶。过了十分钟光景，老头儿进来了："您说得对，还是喝点茶好——我一直等着他……那人到他那儿去已经有好半天了，看来准是什么事把他缠住了。"

他匆匆地喝了一杯茶，也不要再来一杯，又焦急不安地走到大门外。显然，毕巧林的怠慢使老头儿很伤心，尤其因为不久前他对我讲过他跟毕巧林的交情，一小时以前还满心以为只要一听到他的名字，毕巧林就会马上赶来的。

当我再次打开窗子请马克西姆·马克西梅奇就寝的时候，天色已经黑了。他低声嘀咕了几句。我又请了他一遍，他却什么也没回答。

我把蜡烛放在炕上，拿外套紧裹住身子，在长沙发上躺下，不多一会儿就打起盹来了。要不是马克西姆·马克西梅奇很晚走进屋子把我闹醒，我会睡得十分安宁的。他把烟斗扔在桌上，在屋子里踱来踱去，拨弄拨弄炉火，终于躺下，可是又咳嗽，吐痰，折腾了好一阵……

"是不是有臭虫在咬您啊？"我问道。

"是啊，有臭虫……"他长叹了一声，回答说。

第二天早晨我醒得很早，可是马克西姆·马克西梅奇醒得比我还早。我发现他又坐在大门口的板凳上。他说："我得上司令官那儿去一趟，要是毕巧林来的话，请您派人来叫我……"

我答应了他。他急急地跑去，仿佛四肢又恢复了青春的活力和矫捷。

早晨清新而美丽。金黄色的彩霞簇集在群山之上，仿佛一道悬在半空中的山岭。大门外是一片大广场，广场后面的市集上人声沸腾，因为这天正好是星期日。赤脚的奥塞梯孩子背着装有蜂房蜜的袋子，在我身边转来转去。我把他们赶开了。我没有心思理他们，善良的上尉的焦虑不安感染了我。

不到十分钟，广场那头就出现了我们期待中的人物。他跟H上校一起走着，H上校把他送到旅店，就同他告别回要塞。我立刻派一个残废军人去请马克西姆·马克西梅奇。

毕巧林的跟班出来迎接他，向他报告说马上就去套车；接着递给他一盒雪茄，在得到一些吩咐后，就忙着办事去了。他的东家抽了几口烟，打了两次呵欠，在大门另一边的板凳上坐下。现在我该把他的相貌描写一番了。

他中等身材。那匀称纤细的躯干和宽阔的肩膀表明他生有一副强健的体格，能经受流浪生活的种种艰苦和气候的变化，也挡得住京城放纵的生活和内心的狂风暴雨。他那件沾满尘土的丝绒上衣只扣住底下两个纽扣，露出白得耀眼的衬衫，显示了上等人的洁癖。他那副弄脏了的手套像是特地为他那双贵族的小手定制的；当他把一只手套脱下时，他那些苍白的手指的纤细样儿不禁使我吃惊。他走起路来懒洋洋的，显出满不在乎的样子，但我发现他并不摆动两手——这是一种内向性格的可靠标志。不过，这只是凭我个人观察所得的个人意见罢了，我绝不希望你们盲目相信这些话。当他坐在板凳上时，那挺直的躯干弯了下来，仿佛背上没有骨头似的；他全身的姿态现出神经衰弱的样子；他的坐相极像巴尔扎克笔下那个三十岁的风骚女人[1]在酣舞之后坐到鸭绒软椅里那样。乍看他的相貌，我估计不会超过二十三岁，接着我又觉得他至少有三十了。他的微笑带点孩子气。他的皮肤像女人一样细嫩；天生卷曲的淡黄头发漂亮地勾勒出苍白高贵的前额，额上交错的皱纹只有用心观察才能发现，但在愤怒或内心激动时就比较清楚。他的头发颜色很淡，胡子和眉毛却是黑黑的，这是血统纯粹的标志，就像黑鬃黑尾的白马一样。为了完成这幅肖像，我还要说明：他的鼻子稍微有点翘，牙齿白得耀眼，眼睛是栗壳色的——关于这双眼睛我还得说几句。

第一，当他笑的时候，他的眼睛并不笑！你们没在别人身上发现过这种怪事吗？……这是脾气很坏或者经常抑郁寡欢的标志。这双眼睛在半垂的睫毛下闪出磷火一样的光芒——如果可以这样形容的话。这种光芒不是内心热烈或者想象丰富的反映，这是类乎纯钢的闪光：耀眼，但是冰冷。他的瞥视短促而尖锐，蛮横地打量着对方，给人留下不愉快的印象；要不是他的神气那样冷静，就会显得更加傲慢无礼了。我所以有这样的感觉，也许是因为我知道他生活中的一些底细，而他给别人的印象说不定会截然不同吧。

1　风骚女人，指巴尔扎克小说《三十岁的女人》中的主角。

不过，除了我之外，你们再也不能从哪个人的嘴里听到他的情况，因此你们也只好满足于我的这些描写了。总的来说，他长得很不错，具有上流社会女人所特别喜欢的那种出色的相貌。

马都套好了，铃铛不时在轭下丁当作响，跟班两次走到毕巧林跟前报告说，一切都已齐备，可是马克西姆·马克西梅奇还不来。幸亏毕巧林眺望着高加索错落的青色峰峦，正在沉思遐想，似乎并不急于上路。我走到他身边说："您只要稍微再等一会儿，就可以高高兴兴地跟老朋友重逢了……"

"哦，对了！"他迅速地回答说，"昨天他们对我说过了，他现在在哪儿啊？"我回头向广场那边望望，正好看见马克西姆·马克西梅奇一个劲儿往这儿跑来……几分钟以后，他来到我们跟前。他喘得上气不接下气，满头大汗，几绺湿漉漉的白头发从帽子里露出来，粘在前额上。他的双膝直打哆嗦……他想扑过去抱住毕巧林的脖子。毕巧林虽然彬彬有礼地微笑着，却极其冷淡地伸出一只手给他。上尉愣了一下，随即使劲用双手握住他那只手，但他还说不出话来。

"真是想不到啊，马克西姆·马克西梅奇！您一向好吗？"毕巧林说。

"你呢？……哦，您呢？……"老头儿眼泪汪汪地喃喃说，"啊……多少年了……多少日子了……您这是上哪儿去啊？……"

"上波斯去，还要到……"

"难道现在就走吗？……等一下吧，好朋友！……难道现在就分手吗？……咱们多少日子没见面了……"

“我得走了,马克西姆·马克西梅奇。”毕巧林回答。

“老天爷,老天爷!您忙什么呀?……我有多少话要对您说……有多少事要问您……怎么样?退伍了吗?……日子过得怎么样?……在干些什么啊?……”

“无聊透了!”毕巧林笑着回答。

“您还记得咱们在要塞里过的日子吗?……那儿真是个打猎的好地方!……您不是顶喜欢打猎吗?……还记得贝拉吗?”

毕巧林脸色稍微有点发白,他转过脸去……

“是的,记得!”他回答说,同时很不自然地打了个呵欠……

马克西姆·马克西梅奇要求他留下跟他再待一两个钟头,说:“咱们来好好吃一顿,我有两只野鸡,这儿的卡汗金葡萄酒也挺不错……当然啰,不能同格鲁吉亚的比,但在这儿算是最好的了……咱们谈谈……您给我讲讲您在彼得堡的生活……呃?……”

“说实话,我没有什么可讲的,亲爱的马克西姆·马克西梅奇……再见吧,我得走了……我没工夫……谢谢您没有忘记我……”他握住他的手,又说了一句。

老头儿皱起眉头……他又伤心,又生气,虽然竭力掩饰这种情绪。“忘记!”他嘀咕道,“我可什么也没忘记……好吧,上帝保佑你!……真没想到我们见面会是这样的……”

“啊,够了,够了!”毕巧林友好地拥抱了他一下,说,“难道我还不是老样子吗?……有什么办法呢!……各人有各人的路……咱们能不能再见面,那只有天知道了!……”他说着坐到马车里。车夫分开缰绳。

“等一等，等一等！”马克西姆·马克西梅奇忽然抓住车门，喊道，“简直给忘了……葛利果里·阿历山德罗维奇，您那些稿纸还留在我这儿呢……我一直带在身边……我原想在格鲁吉亚可以找到您，没料到天老爷让咱们在这儿见面……您那些稿纸可叫我怎么处理好啊？……”

“随您的便好啦！”毕巧林回答说，“再见……”

“那么您是上波斯去啰？……什么时候回来啊？……”马克西姆·马克西梅奇在后面喊道……

马车走远了；毕巧林却做了一个手势，仿佛是说：不见得会回来了！而且，何必回来呢？……

铃铛的响声和车轮碾着石子路的辘辘声早已听不见了，可怜的老头儿却依旧站在原地，陷入了沉思。

“是的。”他终于说，竭力装出一副无所谓的样子，虽然恼恨的眼泪不时在他的睫毛上闪亮。“当然啰，我们原来是朋友，可是如今这种时势，朋友又算得了什么！……他会看中我什么啊？我既不富又不贵，再说我的年纪也跟他不相称……瞧，他又在彼得堡待了一阵子，变成一个十足的花花公子了……多漂亮的马车！……这样多的行李……那跟班又多神气！……”他嘲笑着说了这几句话。“您倒说说，”他继续对我说，“您对这件事有什么想法？……哦，是什么鬼东西引他上波斯去的？……嗨，可笑，真可笑！……我早知道他这人轻浮，一点也靠不住……唉，真可惜，他不会有好下场的……不会有！……我常常说，谁要把老朋友忘了，他准不会有好结果！……”说到这儿，他转过身去掩盖激动的情绪，又在院子里他的马车旁边踱来踱去，假装在察看车轮，其实眼睛里不断地流着眼泪。

“马克西姆·马克西梅奇！”我走到他跟前说，“毕巧林留给您的是些什么稿纸？”

“谁知道！是笔记之类的东西……”

“您打算怎么处理它？”

“怎么处理？我叫他们拿去包子弹。”

“您还是给我吧！”

他惊奇地对我瞧瞧，牙齿缝里嘀咕着什么，就动手到皮箱里翻寻。他取出一本练习簿，轻蔑地把它扔在地上，接着，第二本，第三本，直到第十本，本本都遭到这样的待遇。他这人一发脾气就有点孩子气，我觉得又可笑又可怜……

“喏，全在这儿了！”他说，“恭喜您得到了这批宝贝……”

“那么，我可以随意处理这些本子吗？”

“拿到报上去发表也行！干我什么事？……难道我是他的朋友或者亲戚吗？不错，我跟他在一个屋子里住过好些日子……可是我跟别人不也在一起住过吗？……”

我抓住稿纸，连忙把它带走，唯恐上尉后悔。不多一会儿，有人来告诉我们，护送队过一个钟头就要出发了。我吩咐套马。当上尉走进屋子的时候，我已经在戴帽子了，他似乎不准备上路，脸上露出不自然的冷淡神气。

“马克西姆·马克西梅奇，难道您不走吗？”

“不走。”

“怎么啦？”

“我还没见着司令官呢,我得把一些公家的东西交给他……”

“您不是去找过他了吗?”

“当然去过,”他支吾地说,“可是他不在家……我也没等他。”

我懂得他的意思了:可怜的老头儿恐怕是生平第一次——说句文绉绉的话——因私忘公,可是他得到的是什么样的报应啊!

“真遗憾,”我对他说,“真遗憾,马克西姆·马克西梅奇,咱们这么快就得分手了。”

“我们这些没受过教育的老头儿怎么高攀得上你们呢!……你们都是自命不凡的上流社会的年轻人,在这儿契尔克斯人的子弹下,你们还能勉强凑合着跟我们……往后再见面,连跟我们握手都觉得有失身份了。”

“您可不能这样责备我,马克西姆·马克西梅奇!”

“哦,我这只是随便说说的。好吧,我祝您万事如意,一路平安!”

我们冷冷地告别了。和蔼可亲的马克西姆·马克西梅奇变成一位固执唠叨的上尉!这是什么缘故?这是因为马克西姆·马克西梅奇想扑上去搂住毕巧林的脖子,而毕巧林由于心不在焉或者别的原因只向他伸出了一只手!看见一个年轻人丧失了美好的希望和理想,看见那块他透过它来观察人们行为和感情的粉红色轻纱在他面前撕掉,那真是伤心啊!尽管他可能用同样转瞬即逝、同样富有魅力的新的迷梦来代替旧的……可是像马克西姆·马克西梅奇那样上了年纪的人,还有什么新的迷梦来代替旧的呢?这样,心肠自然也就渐渐变硬,感情也就渐渐枯竭了……

我独自一个人走了。

毕巧林日记

序　言

不久以前，我得知毕巧林在从波斯归国的途中去世了。这消息使我很高兴：现在我可以发表他的日记，并且乘机在人家的作品上署上我的名字了。老天爷保佑，但愿读者不会因为这种无辜的掠美行为而惩罚我！

现在，我应该先解释一番，为什么要把一个素昧平生的人的内心秘密公布于世。如果我是他的朋友，那又另当别论：一个忠实的朋友不守信义地揭发对方隐私的行为，那是谁都能理解的。可是我这辈子跟他只在大路上见过一面，因此不可能对他怀有那种难以理解的仇恨——这种仇恨，平时藏在友谊的假面具下，一旦知友死亡或者遭遇不幸，它就会使他把谴责、训诫、嘲笑和怜悯像冰雹一般尽情倾倒在死者身上。

反复阅读这些日记，我深信这个把自己的缺点和毛病无情地暴露出来的人是诚实的。一个人的心灵的历史，哪怕是最渺小的心灵的历史，也不见得比整个民族的历史枯燥乏味，缺少教益，尤其是这种历史是一个成熟的头脑自我观察所得的结果，而且写作的时候并非出于存心博取同情或者哗众取宠的虚荣欲望。卢梭《忏悔录》的缺点，就在于他是把它读给朋友们听的。

因此，单是出于有益于世的愿望，我选印了这部偶然到手的日记的片段。虽然我把人物的姓名都改掉了，但其中提到的那些人准会认出他们自己来，也许还会替那个早已离开人世而至今仍受谴责的人的行为辩解：我们往往原谅我们所了解的人。

本书只收毕巧林在高加索的那部分日记；我手里还留着记述他一生经历的厚厚一大本笔记。将来总有一天它也要公布于世的，但现在由于许多重大原因，我不敢担当这份责任。

也许有些读者想知道我对毕巧林性格的意见吧？那么，本书的书名就是我的回答。他们会说："这可是一种恶毒的讽刺啊！"那我可说不上来。

(一) 塔曼

塔曼是俄罗斯滨海城市中最可恶的一个小城。我在那里差点儿饿死，而且险些儿被人淹死。我乘驿车在深夜到达这个小城。车夫把累坏的三驾马车停在小城入口处那座唯一的石头房子门前。站岗的黑海哥萨克兵一听见铃铛声，就用睡意未消的粗野声音喝道："什么人？"军士和班长走了出来。我向他们说明我是军官，有公事到战斗部队去，同时问他们要一处公家宿舍，那班长领我们跑遍全城。我们看到的房子全部客满。天气很冷,我又有三夜没睡觉,累得筋疲力尽,就发起火来。我大声嚷道:"随便带我到哪儿去吧,强盗!就是到魔鬼家去也成,只要有个地方住!"那班长搔搔后脑勺,回答说:"有是有一所房子,只是先生您不会中意的,那边不干净。"我不太了解最后三个字的确切意思,就叫他在前面带路。我们在东倒西歪的篱笆夹持的小巷里兜了好半天,来到海滨的一所小房子前面。

一轮明月照着我这所新居的芦苇屋顶和白色墙壁。在石卵石子矮墙围着的院子里,另外有一所房子,比那一所更小更旧。海岸像悬崖似的,几乎就在房子墙脚下一直伸到水里,湛蓝的波浪在下面拍打着海岸,不断发出喃喃的絮语。月亮悄悄地俯视着动荡不安而对她却很驯顺的大海;在月光底下,我看见离岸很远的地方停泊着两艘大船,船上的黑色缆索像蛛网一般刻画在白茫茫的地平线上。"这港里有船呢,"我心里想,"明天可以上格连吉克去了。"

一个边防哥萨克兵来给我当勤务员。我吩咐他卸下皮箱,把车夫打发走了,就去唤房东——没有人答应;我敲敲门——还是没有人答应……这是怎么回事啊?最后有个十四五岁的男孩子从穿堂里钻出来。

"房东呢?"

"没有。"

"什么?没有一个房东?"

"没有。"

"那么女房东呢?"

“下乡去了。”

“那谁给我开门啊?”我朝门踢了一脚,说。门开了,屋子里冲出来一股潮气。我划亮一根火柴,把它举到男孩子面前:火柴照见了两只白眼睛。他是个瞎子。两眼天生是瞎的。他一动不动地站在我面前,我开始察看他的相貌。

老实说,凡是瞎眼的、独眼的、聋子、哑巴、缺腿的、少胳膊的、驼背的以及诸如此类的人,我对他们都有一种执拗的成见。我发现人的外表同内心之间有一种奇怪的联系:一个人五官四肢一有缺陷,他的内心就会丧失某种感情。

我开始仔细打量瞎孩子的相貌,可是在一张没有眼睛的脸上你能看出什么来呢?我怀着情不自禁的怜悯对他瞧了好一阵。忽然在他的薄嘴唇上掠过一丝微笑。不知怎的,这微笑给了我极不愉快的印象。我心里起了疑虑:这孩子是不是真的像看上去那样完全瞎了?我竭力使自己相信,白翳是不能假装的,而且何必假装呢?可是没有用。我这人常常容易受成见的影响……

“你是房东的孩子吗?”我终于问他。

“不是。”

“那你是什么人?”

“是个孤儿,穷人家的。”

“那么女房东有孩子吗?”

“没有,有过一个女儿,可是跟一个鞑靼人渡海跑了。”

“跟个什么样的鞑靼人啊?”

“鬼才知道他!是个克里米亚的鞑靼人,从刻赤来的船夫。”

我走进屋子，里面的全部家具只有两条板凳、一张桌子和一只放在火炉旁边的大箱子。墙上连一幅圣像也没有——不祥的兆头！海风从打破的玻璃窗里灌进来。我从皮箱里拿出一个蜡烛头，把它点着了，动手安顿东西。我把马刀和步枪放在屋角，把手枪摆在桌上，在一条板凳上铺开斗篷。那哥萨克兵把他的斗篷铺在另一条板凳上。过了十分钟，他就打起鼾来。可是我睡不着：在黑暗中，那孩子和他那双白眼睛一直在我面前晃动。

这样过了一小时光景。月亮照着窗子，月光倾泻在屋子的泥地上。忽然在明晃晃的月光中闪过一个黑影。我欠起身，往窗口一望：这个人又从窗外跑过，不知藏到哪儿去了。我简直不能想象这个人是从海岸的峭壁上跑下去的，但他确实没有别的路可走。我起了床，披上棉袄，腰里插了短剑，悄没声儿走出屋子。那瞎孩子向我迎面走来。我躲在篱笆旁边，他迈着稳当而谨慎的步子从我旁边走过。他腋下挟着一个包裹，拐到码头那边，就顺着狭窄而陡峭的小径走下去。“当那一天，哑巴说话，瞎子看见”[1]，我一边这样想，一边保持一定距离跟在他后面，免得他在我的视野里消失。

这当儿，月亮开始被云遮住，海面上起了迷雾；近处一只船的艄灯在雾中朦胧发亮；靠岸的地方，白沫翻腾的浪花仿佛每瞬间都可能把海岸吞没。我费力地顺着陡坡往下走，接着就看见：那瞎孩子停了停，然后又转身往右下方走去；他走着，离水那么近，似乎波浪马上就会把他卷走，不过，就他从一块石头迈到另一块石头、避

1 见《新约·马太福音》。

开坑坑洼洼的稳当步伐来判断，他不是第一次走这条路。最后他站住了，仿佛在倾听什么，又就地坐下来，把包裹放在身边。我躲在岸上一块突出的岩石后面，窥察着他的行动。过了几分钟，对面出现了一个白色的人形；那人走到瞎孩子跟前，在他旁边坐下了。风不时把他们的谈话送到我的耳朵里。

“哦，瞎小子，”一个女人说，“风暴太大，杨柯不会来了。”

“杨柯可不怕风暴。”瞎孩子回答。

“雾越来越大了。”那女人带着忧虑的口吻反驳道。

“在大雾里倒容易从巡逻艇旁边滑过去。”那孩子应声说。

“万一他淹死了呢？”

“那有什么关系？只是没人给你买新缎带，让你星期日系着上教堂了。”

接着是一阵沉默。然而有一件事使我感到纳闷：那瞎孩子跟我讲的是乌克兰话，此刻却操着一口纯粹的俄语。

“你瞧，我说对了，”瞎孩子两手一拍，又说，“杨柯这家伙不怕海，不怕风，不怕雾，不怕海岸巡逻兵。你听：这不是波浪的溅拍声，你可骗不了我，这是他那对长桨划水的声音。”

那女人霍地跳起来，焦急地往远处望去。

“你胡说，瞎小子！”她说，“我什么也没看见。”

老实说，不论我怎样竭尽目力想看出远处有没有像船那样的东西，却一无结果。这样过了十分钟光景，突然在汹涌起伏的波涛中出现了一个黑点，它忽大忽小，慢慢地升到浪涛的顶端，又一下子跌落在浪谷里。小船离岸越来越近了。那水手胆敢在这样的夜晚横渡四十俄里宽的海峡，的确十分勇敢，而他敢冒这个险，一定有重大的原因！我这样想着，心儿不由得突突地悸动起来。我紧张地望着那只可怜的小船，看它怎样像鸭子一样钻到水里，又像振翼高飞的鸟儿似的飞快划动着双桨，从深渊里的浪花中蹿出来。啊呀，我想这下子它要猛冲到岸上，撞个粉碎了，不料它却灵活地侧转过来，安全地驶进一个小湾。接着从小船里出来一个中等身材的男人，头戴鞑靼式羊皮帽。他招招手，于是他们三人就动手从船里搬出一些货物来。货物很重，我至今还弄不懂那小船怎么会不沉没。他们每人掮了一个包裹，沿着海岸走去，不多一会儿我就瞧不见他们了。我只好回到屋子里去，可是说实话，这些怪事使我十分激动，我好容易才等到天亮。

哥萨克勤务兵醒来，看见我已经穿戴好了，感到十分惊奇，但我没向他说明原因。我从窗口欣赏了一会儿白云朵朵的蓝天和克里米亚遥远的海岸。那海岸像一条淡紫色的带子，一直伸展到悬崖那儿，悬崖上有一座闪着白光的灯塔。随后我动身到弗纳果里亚要塞去，想从司令那儿打听我上格连吉克去的时间。

真倒霉，司令也不能给我确切的答复。停泊在港里的船只不是巡逻艇就是还没开始装货的商船。司令说："过三四天也许有邮船来，到那时咱们瞧着办吧。"我又懊丧又气愤地回到宿舍里；哥萨克勤务兵神色慌张地在门口迎接我。

"糟啦，老爷！"他对我说。

"是啊，老弟，谁知道咱们多咱才能离开这儿。"

他听了越发不安了，弯下腰对我低声说：

“这地方不干净！我今天遇见一个黑海军士，那是我去年在部队里认识的。我一告诉他我们待在什么地方，他就对我说：‘老弟，这地方不干净，那些人不老实！……’的确，那瞎小子到底是什么路数啊？一个人到处乱跑，一会儿上市场买面包，一会儿打水……哼，看来这儿的人都是搞惯那一套的。”

“你指的是什么？女房东该露过脸了吧？”

“刚才您不在的时候，有个老太婆跟她女儿来过了。”

“什么女儿？她不是没有女儿吗？”

“要不是她女儿，鬼知道她是什么人。喏，那老太婆这会儿就坐在她自己的屋子里。”

我走进那所破小屋。炉子烧得很热，上面煮着就穷人来说相当讲究的饭菜。那老太婆，不论我问她什么，总是回答说她耳朵聋听不见。叫我拿她怎么办呢？我就转身对付那个坐在炉子前面、往火里添枯枝的瞎孩子。“喂，瞎眼小鬼，”我扯着他的耳朵说，“你说，你夜里背着包裹上哪儿去了，呃？”那瞎孩子忽然哭起来，尖声尖气地嚷道：“我上哪儿去啦？……哪儿也没去……背着包裹？什么包裹呀？”这一次老太婆也听见了，她就嘀咕道：“哼，真是胡说八道，冤枉一个苦命的孩子！你们要拿他怎么样？他碍着你们什么啦？”我讨厌极了，就走出屋子，心里渴望揭开这个哑谜。

我裹紧斗篷，在篱笆旁边的一块石头上坐下来，向远处眺望。我面前展开了一片被夜晚的狂风激怒的大海，它那单调的涛声有点像刚入睡的城市的梦呓，使我想起了逝去的岁月，把我的思潮引到北方，引到我们寒冷的京城。我在激动的回忆中出神了……这样过了一小时光景，也许还不止……突然一阵像唱歌一般的声音传到我的耳朵里。不错，是唱歌，是一个女人的清脆歌声——可是从哪儿来的啊？……我用心细听……调子很奇怪，一会儿悠长而悲伤，一会儿急促而活泼。我往四下里一望，一个人也没有；再仔细倾听，那声音像是从天上落下来的。我举目一望：在我的小屋顶上站着一个穿条纹衣服的姑娘，头发披散，一个十足的鱼美人。她把一只手罩在眼睛上遮住阳光，凝神望着远方，一会儿笑着自言自语，一会儿又唱起歌来。

我把她唱的歌逐字逐句地记住了：

在碧波翻滚的大海上，
一张张白帆
自由自在地飘翔。
在无数白帆中间，
划动着我那只小船——
它没有帆儿，只有简单的双桨。
狂风在海面上呼啸，
古旧的海船仿佛展开翅膀，
在惊涛骇浪中乘风飞翔。
我弯腰向大海敬礼，祷告：
“怒海啊，你千万别碰我的小船！
贵重的货物就在我那只船上，
还有一个勇敢的汉子，

在黑夜中驾着它乘风破浪。”

我不禁想到，昨天夜里听到的就是这声音。我沉思了片刻，再往屋顶上望望，那姑娘已经不在了。忽然她从我身边跑过，嘴里哼着另一支歌，嗒嗒地弹响手指，跑进老太婆的屋子里。接着，她们就争吵起来。老太婆生气了，那姑娘却哈哈大笑。于是我看见这水妖又跳跳蹦蹦地跑出来；她跑到我旁边站住了，盯住我的眼睛，仿佛看到我在这地方感到十分惊奇；然后若无其事地背转身，悄悄地往码头那边走去。事情并没有就此结束：她整天在我屋子周围兜来兜去，一刻不停地又唱歌又蹦跳。真是个怪物！她的脸上没有一点疯狂的神气；相反，她的眼睛光芒逼人地盯住我，真有一种勾魂摄魄的魔力，仿佛时时刻刻都在等待着人家的问话。但只要我一开口，她就狡猾地笑着跑掉了。

真的，我从来没有见过这样的女人。她根本不是什么美人儿，但我对于美也有偏见。她身上有许多血统纯粹的标志……女人的血统也像马的血统一样，关系十分重大；这是青年法兰西[1]发现的。它（我不是指青年法兰西，我是指血统）多半可以从手脚、从走路的姿势上看出来；而鼻子的关系尤其重大。一个秀美的鼻子在俄罗斯比一双玲珑的小脚更稀奇。这位女歌手看上去不会超过十八岁。她那十分苗条的身段，她那别具一格的侧着头的姿势，她那栗壳色的长发，她那脖子上和肩膀上光泽发亮的古铜色皮肤，特别是

1 19世纪30年代，法国浪漫主义青年作家戈蒂耶、涅尔瓦等人自称“青年法兰西”。

她那个端正的鼻子——这一切都使我销魂。尽管我在她的斜睇里看出一种狂野和猜疑的神色,尽管在她的微笑里含有一种难以捉摸的表情,偏见的力量可实在厉害:那个秀美的鼻子逗得我神魂颠倒。我仿佛觉得我已经找到了歌德笔下的迷娘[1]——这个凭他德国式的想象所塑造的美妙人物。真的,在她们之间确实有许多相似的地方:同样会从极度激动一下子变得十分宁静,同样说着神秘莫测的语言,同样喜欢蹦蹦跳跳,唱着古怪的歌曲……

傍晚,我在门口拦住她,跟她做了下面的谈话:

"喂,美人儿,告诉我,你今儿个在屋顶上干什么来啦?"我问道。

"瞧瞧风从哪儿吹来嘛。"

"瞧这个干什么?"

"风从哪儿来,幸福也从哪儿来。"

"这么说,你唱歌是为了要招来幸福啰?"

"哪儿唱歌,哪儿就有幸福。"

"难道你不会把悲伤也唱到头上来吗?"

"那有什么关系?反正不是吉就是凶,吉凶之间本来相差就不远。"

"那么,这支歌是谁教你的?"

"谁也没教我。自己想出来,自己就唱唱。谁该听,谁就听得见;谁不该听,就是听了也不懂。"

"你叫什么名字,我的歌手?"

1 迷娘,指德国作家歌德(1749—1832)所著小说《威廉·麦斯特的学习年代》中的意大利姑娘。

“谁给我行洗礼，谁准知道。”

“那么，是谁给你行洗礼的？”

“这我怎么知道？”

“你这姑娘真刁！嗨，你的事情我可知道一些。”她听了面不改色，嘴唇一动不动，仿佛跟她不相干。“我知道你昨天夜里到海边去过了。”于是我就一本正经地把我看见的一切讲给她听，满以为能难住她——毫无结果！她呵呵大笑起来，说：

“您见到的很多，知道的很少。您知道什么，可得保守秘密啊！”

“要是我去向司令官告发，怎么样？”我说着摆出一副十分正经，甚至严厉的神气。她忽然跳了一跳，唱起歌来，像一只从灌木丛里惊起的小鸟，一下子不见了。我最后那句话说得实在不合适，我当时也没想到这话的严重性，过后可懊悔莫及了。

等到天色一黑，我就吩咐那哥萨克兵按行军的习惯烧热茶壶，点亮蜡烛。我在桌旁坐下来，吸着旅行用的烟斗。我刚要喝完第二杯茶，门忽然吱嘎一声，接着就听见背后有窸窣的衣服声和脚步声。我吃了一惊，转过身去。原来是她，我那个水妖。她悄悄地在我对面坐下来，一声不响，只用一双眼睛盯着我。不知怎的，我觉得她的目光温柔得叫人心醉，我不禁联想到过去年月里那些恣意玩弄过我生命的目光。她似乎在等我发问，我却一言不发，说不出心里有多么尴尬。她脸上蒙着一层灰暗的苍白，透露出内心的激动；她的一只手下意识地抚摩着桌子，我发现它在微微哆嗦；她的胸脯一会儿高耸，一会儿又像屏住呼吸。这幕喜剧开始使我感到不耐烦了。我刚想用最平庸的方式来打破这沉默，就是说递给她一杯茶，她忽然跳起来，双臂搂住我的脖子，于是我的嘴唇上就响起了湿滋滋、热辣辣的亲吻声。我的眼睛发黑，头脑发晕，我怀着火热的青春的激情把她紧搂在怀里，她却像条蛇似的从我的胳膊里滑掉了，只在我耳朵边说了一句："今儿晚上等大家都睡着了，你到海边来！"接着就像一支箭似的从屋子里飞了出去。她在穿堂里撞翻茶壶，踢倒地上的蜡烛。"哼，这鬼丫头！"哥萨克勤务兵嚷道，他正坐在干草上，满想喝掉壶里剩下的茶来暖和暖和身子。我这才清醒过来。

大约过了两小时，码头上一切都安静了，我推醒我的哥萨克兵说："要是我开枪，你就跑到海边来！"他瞪着两眼，机械地回答说："是，老爷。"我把手枪插在腰里，出去了。她在斜坡边上等我，她的衣服非常单薄，她的细腰上缠着一条不大的围巾。

"跟我来！"她拉住我的手说。我们就往下走去。我不懂我怎么没把脖子摔断；在坡下我们向右转弯，顺着昨天我跟踪瞎孩子的那条路走去。月亮还没升起，只有两颗小星星在苍茫的天空中闪烁发亮，好像两点救命的灯塔的灯光。汹涌的海浪有节奏地滚滚涌来，微微浮起系在岸边的一只孤零零的小船。"咱们上船吧！"我的女伴说。我犹豫起来。我不是个喜欢在海上浪游的人，但后退也不是时候。她纵身跳到船里，我随着她跳下去。不等我弄清楚是怎么一回事，我们已经离岸了。"这是什么意思？"我怒气冲冲地说。"这是说，"她一边回答，一边把我按在凳上，双臂搂住我的腰，"这是说，我爱你。"……于是她把面颊贴住我的面颊，我的脸上就感觉到她那热乎乎的气息。忽然水里扑通一声，我往腰里一摸——

手枪没有了。哦，这下子我心里产生了强烈的猜疑，血往脑袋里直冲。我回头一望，我们离岸已有一百米光景，而我又不会游泳！我想把她推开，她却像猫似的抓住我的衣服不放。突然，她猛力一推，险些儿把我推到海里去。小船摇晃起来，我连忙站稳脚跟。于是我同她就展开了一场决死的搏斗。愤怒给我添了力量，但不多一会儿我发现我不如对方灵活……“你要干什么？”我紧紧地捏住她的小手，喊道。她的手指被我捏得格格发响，可是她不吭一声。她那蛇一样的性格忍住了这样的疼痛。

“让你看见了，”她回答说，“你会去告发的！”她说着用一股蛮劲把我摔倒在船舷上。我们两人都半个身子挂在船外，她的头发触到了海水。这可真是个生死关头啊！我用一个膝盖顶住船底，一只手抓住她的头发，一只手掐住她的喉咙，她一放松我的衣服，我就一下子把她抛到波浪里。

天色相当黑；她的头在海浪里闪了两次，我就再也没有瞧见什么了。

我在船底找到半截旧桨，费了好大劲，总算靠了码头。我沿着海岸往我的小房子走去，不由得向昨晚那瞎孩子等候夜航者的地方望望。月亮已经升到空中，我仿佛看到有个穿白衣服的人坐在岸上。我被好奇心所驱使，悄悄地走过去，伏在海岸悬崖之上的草丛里。我稍稍探出头去，从峭壁上可以清清楚楚地看见下面发生的一切。当我认出那是我的鱼美人的时候，我并不感到太突兀，反而觉得高兴。她正在拧去她那长头发里的海水，湿淋淋的衬衫勾勒出她那苗条的身段和高耸的胸脯。不多一会儿，远处出现了一只小船，飞快地驶过来。跟昨天晚上一样，船里出来一个戴鞑靼帽、头发却剃得像哥萨克的人，他的腰里插着一把大刀。“杨柯，全完啦！”她说。他们就这样谈下去，可是声音太轻，我什么也听不见。“瞎孩子在哪儿啊？”最后杨柯提高嗓门问。“我叫他拿东西去了。”她回答。过了几分钟，瞎孩子来了，背着一个袋子。他们把袋子放到小船里。

“听我说，瞎孩子！”杨柯说，“你要守着那地方……知道吗？那边的货都很值钱……你告诉……（我听不清那名字），说我不再给他当差了。事情糟了，他再也别想看见我了。现在很危险，我到别处找工作去，他再也别想找到像我这样大胆的人了。你再告诉他，要是他本来花钱大方些，我杨柯也不会丢下他的。我反正到处都有生路，只要是有风有海的地方。”杨柯沉默了一下又说：“她得跟我走，她不能待在这儿了。你对老太婆说，她该死了，活得够久了，叫她放明白些。她也别想再见着我们了。”

“那么我呢？”瞎孩子声音凄凉地说。

“我要你干什么？”对方回答。

这当儿，我的水妖跳到船里，向同伴招招手。杨柯往瞎孩子手里放了些什么，说：“喏，拿去买糖饼吃吧！”那瞎孩子问道：“只有这一点吗？”对方又说：“喏，再给你一个。”接着就有一枚钱币当的一声落在石头上。瞎孩子没去捡它。杨柯坐到船里，风从岸那边吹来。他们扬起小帆，迅速离开了海岸。在月光底下，白帆在苍茫的波涛中闪烁了好一阵，瞎孩子一直坐在岸上，我好像听见哭声。真的，那瞎孩子在哭，而且哭了好久好久……我心里感到很难受。为什么命运要把我投到一伙规规矩矩的走私贩子的宁静生活中来呢？就像一块石子被投到平静的水塘里，我搅乱了他们的安宁，而且自己也险些儿像一块石子似的沉到水底！

我回到屋里。在穿堂，木盘里那支将要烧尽的蜡烛发出劈啪的响声，我的哥萨克勤务兵不听我的叮嘱，两手抱住那支枪，睡得很熟了。我不去弄醒他，拿了蜡烛走到房间里。啊呀！我的钱盒子、那把镶银的马刀、那柄达吉斯坦短剑（是一个朋友送的）全不见了。这时我才想到那该死的瞎孩子刚才背的是什么。我不客气地推醒了那哥萨克兵，大发脾气，把他骂了一顿，可是有什么用呢！要是去向上级控诉，说是一个瞎孩子把我的东西偷了个精光，一个十八岁的姑娘差点儿没把我淹死，岂不是太可笑了？

谢天谢地，早晨有机会动身，我就离开了塔曼。至于那个老太婆和可怜的瞎孩子后来怎样了，我不知道。再说，人家的欢乐和苦难同我这个到处流浪而且随身带着驿马使用证的军官又有什么相干呢！……

第二部分

（毕巧林日记的结尾）

（二）梅丽公爵小姐

/ 5月11日 /

昨天到达五峰城，在靠近玛苏克山麓的城郊最高处租了一所房子：逢到雷雨交加的时候，乌云恐怕会碰到我的屋顶。今天早晨五点钟，一打开窗子，屋子里就充满了那从小庭院里袭来的花香。花儿盛开的樱树枝窥视着我的窗口，微风吹来，不时把白色的花瓣撒上我的书桌。从屋子里望出去，三面景色都很优美。西面，五峰并峙的贝什图山蓝幽幽的，仿佛“暴风雨后的残云”[1]；北面，玛苏克山高耸入云，好像一顶毛茸茸的波斯皮帽，把那边的天涯都遮没了。东面的景色更加赏心悦目：下面是一座色彩斑斓的清洁的崭新小镇，富有治疗功效的矿泉汩汩作响，操着各种方言的人群熙熙攘攘；再远一点，群山仿佛一座半圆形的露天剧场，更加蔚蓝，更加氤氲，而在遥远的天际，雪山就像一条银链，从卡兹贝克峰一直伸展到双

1 引用普希金的《乌云》一诗里的诗句。

峰并峙的厄尔布鲁士山。住在这样的地方真叫人心旷神怡啊！我全身的血管里都洋溢着一种快感。空气纯净而清新，就像是婴儿的亲吻；太阳明亮，天空碧蓝——试问，人活在世上还需要什么？在这儿，还要什么激情、欲望和悔恨呢？……是时候了，我得到伊丽莎白温泉去。据说，凡是来洗矿泉水澡的人，早晨都聚集在那里。

……

我沿着林荫道往下走到城中心，一路上看见一群群愁眉不展的人慢吞吞地上山去。他们多半是草原上的地主人家，这从做丈夫的式样陈旧的外套和妻子女儿的讲究服饰上就可以看出来。他们对温泉上的青年显然个个都注意到了，因为他们全都露出亲切的好奇心打量着我：彼得堡的外套式样使他们眼花缭乱，但他们一看出我佩着普通军人的肩章[1]，立刻又鄙夷地转过身去了。

当地权贵的太太们，也可以说是温泉的女主人们，比较和蔼可亲。她们都手拿长柄眼镜，对军服不太在意，因为她们在高加索待惯了，常常在有号码的纽扣[2]底下发现一颗火热的心，在白色的军帽[3]下面找到一个有教养的头脑。这些太太很可爱，总是显得很可爱！她们年年都要换一批新的崇拜者，这也许就是她们永远显得亲切可爱的秘密所在吧。我循着一条狭窄的小径上山，向伊丽莎白温泉走去，赶上了一群穿便服和军装的男人。后来我才知道他们是别有用意地来到温泉上的一批特殊人物。他们不喝矿泉水而

1 普通军人的肩章，表示毕巧林不是近卫军，因此受蔑视。
2 帝俄军服纽扣根据番号刻有号码，此处同样表明不是近卫军。
3 白色的军帽，指普通步兵。

喝酒，他们难得出来散步，连追逐女人也只是逢场作戏罢了……他们赌钱，同时又抱怨日子过得太无聊。他们都是花花公子：他们把柳条框着的杯子放到硫黄泉的井里去时，都摆出一副斯斯文文的样子；那些穿便服的都系着淡蓝色领带，那些穿军装的领子里都露着褶边。他们十分瞧不起外省人家，但对他们不得其门而入的京城贵族的客厅，往往又望洋兴叹。

最后井口到了！……在井旁边的小广场上，在浴室上面盖着一所红顶的小房子，稍远是一条游廊，下雨天人们就在那里散步。有几个负伤的军官收起拐杖，坐在板凳上，脸色苍白，神情忧郁。有几位贵妇人快步在广场上走来走去，期待矿泉的功效。她们中间有两三张漂亮的脸蛋。在玛苏克山坡上葡萄藤荫蔽的小径上，不时可以看到喜欢双双躲开人群的情侣中，闪现出一顶花哨的女帽，而在这种女帽旁边总能瞧见一顶军帽或者一顶难看的圆帽。在陡峭的山坡上盖着一座叫“风奏琴”[1]的亭子，喜爱欣赏风景的人往往聚集在那里，用望远镜望着厄尔布鲁士山，其中有两个带学生来治瘰疬腺病的家庭教师。

我气喘吁吁地在悬崖旁边站住，靠着一座小房子的墙角，开始欣赏周围美丽如画的景色，忽然听见背后一个熟悉的声音：

“毕巧林！来这儿好久了吗？”

我回头一看，原来是格鲁希尼茨基！我们拥抱了一下。我跟他是在战斗部队里认识的。他腿上受了弹伤，大约比我早一个星期

1　风奏琴，一种利用风力而发声的弦乐器。

来到温泉。

格鲁希尼茨基是个士官生。他只服过一年役,却神气活现地穿着一件兵士的厚外套,挂着一枚兵士的乔治十字章。他身材适中,皮肤浅黑,黑头发,看上去有二十五岁的样子,其实至多二十一岁。说话的时候,头总是往后仰,并且不断地用左手捻着小胡子——因为右手拄着拐杖。他说话又急促又花哨。有一种人,不论逢到什么场合,都能说一套现成的漂亮话。他们不会被单纯美好的事物所打动,却煞有介事地装出一副具有超凡的情怀、崇高的热情和极度的痛苦的样子——格鲁希尼茨基就是这样的一种人。他们善于装腔作势,因此那些浪漫的外省女人对他们都疯魔倾倒。到了老年,他们若不是变成安分守己的地主,就是变成酒鬼,有时两者都是。他们的心灵常常具有许多美德,却没有丝毫诗意。格鲁希尼茨基酷爱高谈阔论,只要谈话一越出日常应酬的范围,他就滔滔不绝地讲个没完。我从来没法跟他争论。他不理你的反驳,也不听你的话。只要你一住口,他就开始长篇大论,乍听起来似乎跟你的话有些联系,其实只是继续他自己的演说罢了。

他说话相当俏皮。他的嘲讽常常很风趣,但从来不是一针见血的。他不能用一句话打中人家的要害。他不了解人,不懂得人家的弱点,因为他一辈子只关心自己。他的目的就是要使自己成为小说里的英雄。他常常设法使别人相信,他生来不是个人间的俗物,命中注定要经受一种神秘的折磨,而他自己对这一点几乎也深信不疑。所以他那么高傲地穿着兵士的厚外套。我看透了他这人,他因此不喜欢我,虽然表面上我们保持着最友好的关系。格鲁希尼茨基以过人的勇敢著称，我在战斗中看见过他：他挥动马刀，大声叫嚷，眯起眼睛往前直冲。但这可不是俄罗斯式的勇敢！……

我同样也不喜欢他。我觉得我跟他总有一天会狭路相逢，我们中间总有一个人要倒霉的。

他来到高加索，也是他那种罗曼蒂克的狂热的结果。我相信，在他离开家乡的前夜，他一定神色忧郁地对一个漂亮的女邻居说过，他不是去当差，而是去寻死，因为……说到这里他准会用手遮住眼睛继续说："不，您（或者你）不该知道这件事！……您那纯洁的灵魂会发抖的！……又何必呢？……对您来说，我算得了什么！您了解我吗？……"以及诸如此类的话。

他亲口对我说过，促使他进K团的原因将成为他同苍天之间永恒的秘密。

然而，当悲剧角色的面具从脸上揭下时，格鲁希尼茨基这人是相当有趣的。我最喜欢看见他跟女人们在一起，因为我知道他在女人面前是很会下功夫的！

我们像旧友那样重逢。我开始向他打听温泉上的生活方式，以及有些什么样的出色人物。

"我们的日子过得相当平淡。"他叹息道，"那些早晨饮矿泉水的，像一切病人那样委靡不振；那些晚上喝酒的，又像一切健康人那样叫人讨厌。太太小姐们是有的，可是没有多大意思：她们只会打打惠斯特[1]，打扮得又难看，法国话说得又蹩脚。今年从莫斯科来

1　惠斯特，一种四人成局的纸牌戏。

的，只有一位李果甫斯卡雅公爵夫人和她的女儿，可是我不认识她们。我身上这件兵士外套就是不受欢迎的标志，它博得的同情像施舍一样令人难受。”

这当儿，有两位贵妇人从我们身旁经过，往井边走去：一位上了年纪；另一位年纪很轻，身材苗条。由于戴着帽子，我看不清楚她们的脸，但她们的打扮是极其讲究的：样样都恰到好处！那个年轻的身穿一件珍珠灰[1]的高领连衫裙，娇嫩的脖子上围着一条轻飘飘的丝围巾。一双深褐色[2]皮鞋紧裹住她那双纤足，样子那么玲珑可爱，即使一个不懂美的奥秘的人见了，一定也会惊叹不止。她那轻盈而端庄的步伐具有一种处女的韵味，婀娜多姿而又仪态万方。她经过我们身旁，身上飘散出一股难以形容的芳香，就像可爱的女人送来的条子那样。

“喏，这就是李果甫斯卡雅公爵夫人，”格鲁希尼茨基说，“跟她一起的是她的女儿梅丽——公爵夫人用英国人名字这样叫她。她们才来了三天。”

“可你已经知道她的名字了？”

“哦，我只是偶然听到的。”他涨红了脸回答。“老实说，我并不想跟她们认识。这些傲慢的贵族把我们军人都看作蛮子。至于在一顶有号码的军帽底下有没有一个聪明的头脑，在一件厚外套里面有没有一颗火热的心，她们根本就不关心！”

“好可怜的外套！”我嘲笑道，“那么，那位走到她们跟前，那么

1,2　原文为法语。

殷勤地递给她们杯子的先生是谁啊？"

"哦，那是莫斯科的花花公子拉耶维奇！他是个赌棍！您只要看看他天蓝背心上挂着那么粗的金链子就知道了。至于他那根粗手杖，简直像鲁滨逊[1]用的一样！还有他那把大胡子多妙，他的头发梳得就像个庄稼汉[2]。"

"你把普天下的人都恨遍了。"

"这是有原因的……"

"哦！真的吗？"

这时那两位贵妇人离开井边，又走到我们这边来。格鲁希尼茨基连忙拄着拐杖，做了一个戏剧性的姿势，并且用法国话大声回答我说：

"老兄，我痛恨人是为了免得瞧不起他们，要不然的话，生活就会成为太讨厌的滑稽戏了。"[3]

漂亮的公爵小姐回过头来，好奇地对这位善于辞令的人瞅了好一阵。她的眼神难以捉摸，但并没有嘲笑的意味，我不禁衷心为他庆幸。

"这位梅丽公爵小姐长得美极了。"我对他说，"她有一双天鹅绒似的眼睛——的的确确像天鹅绒，我劝你谈到她的眼睛时一定要用这个形容词——上下睫毛真长，连阳光也照不到她的瞳人。我爱这双眼睛，它们看上去不是亮晶晶的，而是十分柔和，好像在

1　鲁滨逊，英国作家笛福的小说《鲁滨逊漂流记》中的主人公。
2　原文为法语。
3　原文为法语。

抚摩你一般。其实,她的脸看上去没有一处不美……你说她的牙齿白不白?这一点很重要!可惜她听了你的漂亮话没有朝你笑一笑!”

“你谈一个漂亮的女人就像谈一匹英国马一样!”格鲁希尼茨基愤愤地说。

“老兄,”我竭力模仿他的腔调,也用法国话回答他,“我瞧不起女人是为了要不爱她们,要不然的话,生活就会成为太可笑的情节剧[1]了。”[2]

我转过身,撇下他走了。我顺着葡萄藤荫蔽的小径,沿着石灰岩和岩石间生长着的灌木丛,散步了半小时光景。天气热起来了,我就赶回家去。经过硫黄矿泉,我在有顶的游廊里停下来,想在它的阴影里歇会儿。这可使我有机会亲眼见到一场相当有趣的戏。登场人物的位置是这样的:公爵夫人跟那个莫斯科来的花花公子坐在游廊里的板凳上,两人看来在谈正经事;公爵小姐显然已经喝完最后一杯矿泉水,正若有所思地在井边走来走去;格鲁希尼茨基站在井边;广场上再没有别的人了。

我走近去,躲在游廊的角落里。这当儿,格鲁希尼茨基失手把他的杯子掉在砂地上,他拼命弯下腰想把它拾起来,可是那条伤腿妨碍了他。可怜虫!他拄着拐杖,不论怎样想办法,结果都是白费心机。他那张富于表情的脸确实现出痛苦的神色。

1 情节剧,18世纪末叶至19世纪前半期流行于欧洲的一种戏剧。形成于法国。内容大都表现抽象的善恶斗争,情节支配人物行动,并以华丽的布景、夸张的外部效果吸引观众。
2 原文为法语。

这一切梅丽公爵小姐看得比我更清楚。

她比小鸟更轻盈地飞到他身边，弯腰拾起杯子，姿态无比娇媚地递给他。随后，她飞红了脸，回头向游廊那边瞧了一眼，相信她妈妈确实什么也没有看见，就立刻安下心来。格鲁希尼茨基开口刚要谢她，她已经走远了。一会儿，她跟着母亲和那个花花公子从游廊里出来，但经过格鲁希尼茨基身边时，却装出一本正经的神气，连头都不回一下，也没注意到他的眼睛怎样火辣辣地盯住她，直到她下了山，消失在林荫道上的菩提树后面……后来，她的帽子在街上一闪而过；她跑进五峰城一所极讲究的房子的大门里。公爵夫人走在她后面，在门口跟拉耶维奇点头告别。

这位可怜的多情的士官生这时才发现我也在场。

"你看见了吗？"他紧握住我的手，说，"简直是天使！"

"为什么？"我装出极其天真的样子问。

"难道你没看见？"

"不，看见了：她捡起了你的杯子。要是有一个管理人在这儿的话，他也会这样做的，而且会做得更快些，这样他就可以得到几个酒钱。不过，看得出来，她有点可怜你。因为你拖着你那条被子弹打穿的腿走路，做出那么一副可怜巴巴的鬼样子……"

"当她脸上热情洋溢的时刻，难道你看了一点儿也不动心吗？……"

"不。"

我撒谎了。我存心想激恼他。我天生爱跟人家作对；我这一生充满了悲惨而无益地跟心灵或理性作对的事例。跟一个热肠快肚的人相处，我就冷若冰霜；但我想，要是经常跟一个冷酷无情的人交往，我倒会变成一个热情的梦想家。我还得坦白，在那一瞬间，我的心里还掠过一种不愉快而又很熟悉的感情，那就是妒忌。我直率地说出"妒忌"两个字来，因为我惯于向自己坦白一切。一个年轻人（自然是指生活在上流社会虚荣惯了的年轻人），刚遇到一位能打动他空虚心灵的漂亮女人，可是眼看着她又垂青另一个同样跟她素不相识的人了，我想他是很难无动于衷的。我想未必能找到这样的年轻人。

我同格鲁希尼茨基默默地下了山，在林荫道上走过我们的美人儿走进去的那所房子的窗口。她坐在窗边。格鲁希尼茨基推推我的手臂，向她丢了一个对女人不起什么作用的温柔而没有光彩的眼色。我拿起带柄眼镜对准她，发现她看到他的眼色而嫣然一笑，但一看见我粗鲁无礼地拿着带柄眼镜朝她望，却大为生气。可不是，一个高加索军人居然敢用眼镜来打量一位莫斯科的公爵小姐！

/ 5月13日 /

今天早晨医生来看我。他姓魏纳，但他是个俄国人。这有什么稀奇？我就知道有个姓伊凡诺夫的德国人。[1]

魏纳在许多方面都是个了不起的人物。他如绝大多数医生那样是个怀疑论和唯物论者，但又是位诗人，而且是位出色的诗人——在行动上永远是位诗人，在谈吐上也常常是位诗人，虽然他

1 魏纳一般是德国人的姓，而伊凡诺夫一般是俄国人的姓。

这辈子连两行诗都没有写过。他研究过各种人的生动心弦，就像人家研究尸体的血管一样，可是他从来不会应用他的知识。同样，一位优秀的解剖学家有时也不会医治疟疾。魏纳常常暗中嘲笑病人，但有一次我看见他对着一个垂死的兵士流泪。他穷，梦想成为百万富翁，但在金钱方面不愿有丝毫越轨行为。他有一次对我说，与其借钱给朋友，不如借钱给敌人，因为这是出卖善心的行为，而反对者的宽宏大量只会加深仇恨。他的嘴很尖刻：在他的俏皮话掩护下，不止一个好人被说成庸俗的傻瓜。他的对手们，温泉上那些好嫉妒的医生，散布谣言，说他用漫画嘲弄病人。这可把病人们气坏了，差不多没人再来向他请教。他的朋友们，那些在高加索服务的正派人，竭力帮他恢复被败坏了的名誉，可是徒劳无功。

有些人的外貌乍一看并不使人感到愉快，但等你的眼睛能够从他们不端正的五官上窥见一颗饱经沧桑的崇高之心时，你就会喜欢他们了——魏纳就是这样的一个人。有不少实例证明，女人们会疯疯癫癫地热爱这样的人物，并且不愿拿他们的丑陋去换取脸色鲜艳红润的恩底弥翁[1]式的美貌。应该为女人们说句公道话：她们具有赏识心灵美的本能，也许就因为这个吧，像魏纳这样的人才如此热爱女人。

魏纳生得矮小瘦弱，像个孩子；他的一条腿比另一条腿短，像拜伦一样；跟身体比较起来，他的脑袋显得很大。他的头发剪得很短，因此暴露了凹凸不平的头盖骨，而头盖骨上许多错综交织的

1　恩底弥翁，希腊神话中的牧人，以相貌俊美著称。

线条，准会使颅相相士为之大吃一惊。他那双小小的黑眼睛老是骨碌碌地转个不停，竭力想看透你的心事。他的穿戴整洁入时，他那双瘦削多筋的小手戴着淡黄色手套，样子很好看。他的上装、领带和背心总是黑色的。青年人叫他靡非斯特[1]，这个绰号似乎使他很生气，其实却满足了他的虚荣心。我同他很快就相互了解，并且成了朋友。我之所以特别要提一提这件事，因为我是个不善交友的人。两个朋友中总有一个是另一个的奴隶，虽然通常谁都不肯承认这一点。当奴隶我是不干的，而在这种情况下发号施令又是件麻烦事，因为同时还得欺骗对方。何况我自己有的是仆人和金钱！我们是这样做起朋友来的：我在C地许多吵吵闹闹的青年中间遇见了魏纳；在晚会将要结束的时候，谈话转到了玄学上来，大家谈到了信仰，各人有各人的信仰。

"就我来说，我只相信一件事。"医生说。

"什么事啊？"我问道，很想知道那一直沉默不语的人的意见。

"我相信我迟早要在一个美好的日子里死去。"他回答说。

"我比您高明，"我说，"除了这一点之外，我还相信我是在一个最倒霉的日子里出生的。"

大家都认为我们是在瞎扯淡，其实他们谁也没有说过比这更有意思的话。从此我们就在人群中相识了。我们常常聚在一起，一本正经地谈论些不着边际的问题，直到大家发觉是在互相愚弄为止。于是我们会意地对望了一眼，就像西塞罗[2]所说的古罗马占

1　靡非斯特，歌德长诗《浮士德》中的魔鬼。
2　西塞罗（前106—前43），古罗马政治家和哲学家。

卜官[1]那样，接着哈哈大笑，等到笑够了，才心满意足地在共度黄昏之后分手。

魏纳进来的时候，我正眼睛盯着天花板，两手枕在脑后，躺在沙发上。他把手杖放在屋角，在一张软椅上坐下，打了个呵欠说，外边天气热了。我回答说，苍蝇不让我安宁，接着两人就沉默了一阵。

"请您注意，亲爱的医生，"我说，"世界上要是没有傻瓜，生活就太枯燥了！……您瞧，我俩都是聪明人，我们事先知道，不论什么事到了我们手里都可以争论个没完没了，因此索性不争论。我们彼此差不多都知道对方的一切隐秘思想，一句话在我们听来就是一个完整的故事，我们能够透过三层表皮看见对方各种感情的核心。可悲的事我们觉得可笑，可笑的事我们觉得伤心，但说句实话，我们除了自己之外，对什么都相当冷淡。因此，我们之间不可能交换感情和思想，我们知道想知道的对方的一切，因此我们也不再想知道别的什么了。剩下一个办法：讲讲新闻。您给我讲讲什么新闻吧！"

说了这么一大篇话，我有点累了，就闭上眼睛，打了个呵欠。

他想了想答道：

"在您的胡言乱语里倒听得出一个念头！"

"有两个！"我回答。

"您给我讲一个，我也来讲一个。"

"好的，您开头吧！"我说，眼睛继续望着天花板，心里暗暗好笑。

1 罗马占卜官，主要从事神旨的阐释，其实他们自己既不信神，也不信自己的阐释，却装得一本正经，脸上毫无笑容，使西塞罗见了感到惊奇。

"您想知道一个来到温泉的人的底细,而且我猜得出您关心的人是谁,因为人家已经在打听您了。"

"医生！咱们简直不用谈话,因为彼此把心都琢磨透了。"

"现在说另一个……"

"另一个念头就是,我想叫您讲些什么,因为：第一,听比讲省力；第二,听不会失言；第三,可以知道别人的秘密；第四,像您这样的聪明人,喜欢听众超过喜欢说客。现在言归正传,李果甫斯卡雅公爵夫人对您说了我一些什么话？"

"您充分相信是公爵夫人而不是公爵小姐说的吗？"

"完全有把握。"

"为什么？"

"因为公爵小姐问起过格鲁希尼茨基。"

"您的判断力不错。公爵小姐说,她相信这位身穿兵士外套的青年人是因为决斗被降级为兵士的……"

"我希望您让她保留这个愉快的错觉……"

"那当然。"

"这下子可有热闹瞧了！"我兴高采烈地嚷道,"让我们瞧瞧这场喜剧怎样收场吧。显然,命运不让我的日子过得太无聊。"

"我有一种预感,"医生说,"可怜的格鲁希尼茨基将成为您的牺牲品……"

"您说下去,医生……"

"公爵夫人说,您的脸她很熟……我提醒她说,准是在彼得堡的哪个社交场所遇见过您……我说了您的名字……原来她早就听说了。看来，您的事在那边已经闹得满城风雨啦！公爵夫人讲到您的事，除了社交场上的流言蜚语，还加上了她自己的看法……她那个女儿兴致勃勃地听着。您在她的心目中可成了时髦小说里的英雄了……我没反驳公爵夫人，虽然明明知道她在瞎扯淡。”

“您真够朋友！”我向他伸出一只手说。医生热情地握了握，继续道：

“您要是愿意，我可以替您介绍……”

“对不起！”我两手一拍说，“哪有英雄要人家介绍的道理？他们总是从九死一生中救出未来的爱人而跟她认识的……”

“您真的想去追求公爵小姐吗？……”

“不，正好相反！……医生，我终于赢了，因为您这次没猜对！……但是，医生，这事使我烦恼，”我沉默了一下，继续说，“我的秘密，我从来不自动公开，却顶喜欢被人家识破，因为这样，我在必要时就可以赖掉。不过您该把她们母女俩的情况给我介绍介绍！她们是怎样的人？”

“首先，公爵夫人是位四十五岁的女人，”魏纳回答说，“她的胃很不错，可是血液不好：腮帮上有一块块斑点。她的后半辈子是在莫斯科度过的，在那儿她无所用心，身体发福了。她爱好黄色的笑话，有时女儿不在屋子里，自己也会讲些不太文雅的事情。她对我说，她女儿像鸽子一样纯洁。这关我什么事？……我真想回答她说，她放心好了，我对谁也不会讲的！公爵夫人是来治风湿病的，可她女儿天晓得来治什么毛病。我叫她们每人每天喝两杯矿泉水，每星期洗两次温泉澡。公爵夫人看来不惯于指使人，她看重女儿的聪明和知识，因为女儿能读拜伦的英文原著，还懂得代数。在莫斯科，小姐们显然都在研究学问。说真的，她们干得对！我们那些男人一般都很不讨人喜欢，因此要一个聪明的女人去向他们卖弄风情，那是叫人受不了的。公爵夫人很喜欢年轻人；公爵小姐却有点瞧不起他们：这是莫斯科的派头！她们在莫斯科只赏识四十岁的俏皮鬼。”

“您在莫斯科待过吗，医生？”

“是的，我在那边开过一阵子业。”

“您讲下去吧！”

“哦，看来我已经把话都说了……对了！还有一点：公爵小姐似乎喜欢谈论感情、欲望之类的事……她在彼得堡住过一冬，她不喜欢那个地方，特别是那边的社交界：准是人家冷淡了她。”

“您今天在她们那儿没见到什么人吗？”

“见到了，有一位副官，一位古板的近卫军，还有一位新来的太太，那是公爵夫人婆家的亲戚，很漂亮，但看样子病得很厉害……您在井边没遇见过她吗？她中等身材，金黄头发，五官端正，脸上有肺痨病人的红晕，右边腮帮上有一颗黑痣。她的脸富有表情，简直使我感到惊奇。”

“一颗黑痣！”我自言自语道，“真的吗？”

医生对我瞧瞧，一只手按住我的胸口，得意洋洋地说：“她认识您呐！”我的心确实跳得比平时猛烈。

“这下子可轮到您赢了！”我说，“但我相信您，您不会出卖我的。我还没见过她，但我相信我从您的描述中认出了一个我以前爱过的女人。您在她面前，有关我的事一字也别提；要是她问起来,您就尽说我的坏话好了。"

"好吧!"魏纳耸耸肩膀说。

他走了之后,一阵难堪的悲哀揪住了我的心。是命运让我们在高加索重逢,还是她知道能在这儿遇见我而特地赶来的?……叫我们怎样见面好?……还有,究竟是不是她啊?……我的预感从来没骗过我。天下再也没有第二个人像我这样听凭往事摆布的了:每一回想到过去的悲欢离合,我的心就会隐隐作痛,并且会重温旧梦。我这人生得真笨,什么事都忘不了,忘不了!

下午六点钟光景,我走到林荫道上,那边已经聚集了一群人。公爵夫人和公爵小姐坐在一条长凳上,周围有不少年轻人正在争先恐后地向她们献殷勤。我在稍远的另一条凳子上坐下,叫住两个熟识的军官,讲给他们听一些事——显然讲得很滑稽,因为他们听了像发疯似的哈哈大笑。公爵小姐周围有几个人被好奇心所驱使,走到我身边来,其余的人也先后离开她,加入我的圈子。我不停地讲:我的笑话俏皮得近乎愚蠢,我对路过的古怪人物的嘲弄,刻毒得近乎疯狂……我继续使大家听得津津有味,直到太阳落山。公爵小姐挽着母亲,在一个瘸腿小老头的陪伴下,几次从我身边走过;她的目光几次落在我身上,虽然竭力装得若无其事,却还是流露出恼恨的神气……

"他在给你们讲些什么呀?"她问一个出于礼貌回到她身边去的青年人,"准是一个很有趣的故事:是不是讲他自己在战斗中的功劳啊?……"她说得很响,显然故意要刺我一下。我心里想:"哼!亲爱的公爵小姐,您气倒生得不小啊!等着吧,往后这种事还有的是呢！”

格鲁希尼茨基像只野兽似的盯着她，眼睛一刻也没离开她。我敢打赌，他明天准会请谁把他介绍给公爵夫人。她会高兴的，因为她寂寞得很。

/ 5月16日 /

在过去两天里，我的事情大有进展。公爵小姐把我恨透了；人家已经把她说我的两三句俏皮话告诉了我，那真是相当挖苦，但同时又恭维不止。她觉得奇怪的是，像我这样在上流社会交际惯了的人，跟她那些彼得堡来的表姐妹和姑妈婶娘又那么亲密，却不想去同她结识。我们天天在井边和林荫道上见面。我千方百计把她的崇拜者——风头十足的副官、脸色苍白的莫斯科人和别的人——吸引过来，而且差不多总是成功。我向来讨厌在家里招待客人，如今我那儿却是天天宾客满堂，吃午饭啦，吃晚饭啦，打牌啦。哈哈，我的香槟酒打败了她那双勾人魂魄的眼睛！

昨天我在契拉霍夫的铺子里遇见她，她正在那边讲价钱，想买一条精美的波斯毯子。公爵小姐要求她妈妈别舍不得钱：这条毯子会使她的闺房增色不少的！……我多出了四十卢布把它买到手，因此遭到她那令人销魂的白眼。午饭时分，我吩咐把我那匹披着这条毯子的契尔克斯马故意从她窗前牵过。魏纳当时正好在她们家里，他后来告诉我，这个场面的效果真是再富有戏剧性不过了。公爵小姐想招募志愿军来对付我，我甚至发觉有两位副官当她在场时对我总是冷冷地敷衍一下，虽然他们天天在我家里吃午饭。

格鲁希尼茨基做出一副神秘的样子：两手抄在背后走来走去，什么人也不理睬，他的腿忽然好了，走起路来几乎不跛了。他找机会跟公爵夫人聊天，对公爵小姐说些恭维话。公爵小姐显然不太挑剔了，因为从此就用最温柔的微笑来回答他的鞠躬。

“你根本不想同李果甫斯基一家人结交吗？”他昨天问我说。

“根本不想。”

“老兄，这是温泉上顶有趣的一家呢！本地最优秀的人物都集中在她们家里！……”

“我的朋友！就是非本地的人物我也讨厌透了。那你常常到她们家去吗？”

“还没去过；我只跟公爵小姐谈过两三次话，不好意思冒冒失失上人家家里去，虽然此地流行这一套……要是我戴着肩章，那又另当别论了……”

“老兄，其实你这样更有意思呢！你简直不会利用自己的有利地位：要知道，穿上一件兵士的外套，你在每个多情的小姐的眼里就会成为一位英雄，一位受难者。”

格鲁希尼茨基得意洋洋地笑了笑。

“多无聊！”他说。

“我相信公爵小姐已经爱上你了。”我继续道。

他脸红耳赤，噘着嘴。

哦，虚荣心！你真是阿基米德[1]想用来撬起地球的杠杆啊！

1　阿基米德（前287—前212），古希腊学者，发现杠杆定律和阿基米德定律。

“你老是开玩笑！”他装出生气的样子说，“首先，她还不太了解我……”

“女人就爱她们所不了解的人。”

“我可根本不想讨她的欢心，我只是想结交一个有趣的家庭罢了。要是我存什么指望，那未免太可笑了……至于您呢，那又当别论了！您是彼得堡的胜利者，只要您眼睛一瞟，女人就会瘫倒了……毕巧林，你知道公爵小姐怎样谈到你吗？……”

“什么？她已经在你面前谈起我了？……”

“你可别太高兴啦！我有一次在井边同她说话，那是很偶然的。她没说上两句就问：‘那位目光非常忧郁深沉的先生是谁啊？那天他跟您在一起……’她想起自己的善心行为，不禁脸红了，不愿说出那个日子来。我就回答她说：‘您不用提那天的事了，我一辈子也不会忘记的。’我的朋友毕巧林啊！我可没法子向你祝贺，她对你的印象坏得很呢……唉，真可惜！因为梅丽长得太可爱啦！……”

有些人谈到女人，即使跟她还不太熟，只要中他们的意，就口口声声地把她唤作“我的梅丽”[1]啦、“我的莎菲”[2]啦！而格鲁希尼茨基就是这一类人。

我装出一本正经的样子，回答他说：

“是的，她长得不错……可是你得小心，格鲁希尼茨基！俄罗斯小姐多半追求柏拉图式的恋爱，根本不杂有结婚的念头，而柏

1,2　原文为法语。

拉图式的恋爱是最使人烦恼的。公爵小姐那种女人，一心只希望人家给她们消愁解闷。她在你身边只要有两分钟感到无聊，你也就从此完蛋了。你不要开口，应该引起她的好奇心；你要是开口，应该永远不让她的好奇心得到充分满足。你要时刻都使她心神不宁。她会一连十次公开表示为了你而不顾舆论，并且把这叫作牺牲，但为了替自己取得补偿，她就会折磨你，以后还会干脆说，她看见你就受不了！你要是不能掌握她，即使得到她的第一次接吻，这也不能保证你有权利再吻她一次。她向你卖弄够了风骚，就会乖乖地听从妈妈的话去嫁给一个丑八怪，并且会自我安慰说，她是个苦命人，她爱的人只有一个——就是说只爱你一个——可是老天爷不让她同他结合，因为他身上穿的是兵士的外套，虽然在这件灰色的粗呢外套下面搏动着一颗热烈而高尚的心……”

格鲁希尼茨基攥紧拳头，往桌上猛敲了一下，开始在房间里走来走去。

我心里不禁哈哈大笑，而且有两次脸上露出了笑意，幸亏他都没有发觉。他显然堕入情网了，因为变得比过去更加轻信。他甚至戴上一只本地造的黑银镶嵌的戒指，我觉得这很可疑！我就想法子要弄清楚：这是怎么一回事？原来戒指背面刻着梅丽两个小字，旁边还刻有她捡起那只值得纪念的杯子的日子。我没对他揭穿这个秘密，我不想逼他坦白！我要他自动把我当作心腹朋友，到那时我就可以拿他好好取乐一番了……

……

今天起得很晚，走到井边，已经一个人也没有了。天气热起来了。白云朵朵，像羽毛一般从雪山那边飞快飘来，预示雷雨将临。玛苏克山的峰顶烟雾弥漫，好像一支刚熄灭的火炬；一块块灰色的云片像蛇似的缠绕着它，仿佛在飞翔中被山顶的树木钩住了。空气中充满了雷电的气息。我顺着葡萄藤荫蔽着的小径往山洞走去，心里很有点感伤。我想起了医生对我讲到的那个颊上有颗黑痣的年轻女人。她到这儿来干什么？那真是她吗？我凭什么认为就是她呢？……我凭什么甚至深信不疑呢？颊上有黑痣的女人天下还少吗？我这样左思右想，不觉来到山洞口。抬头一看：在阴凉的石拱下有个女人坐在石凳上，她戴着草帽，披着黑围巾，头低垂在胸前，脸被帽子遮住。我刚转身想走，免得打扰她的遐想，她忽然对我瞧了一眼。

"维拉！"我不禁叫道。

她打了个哆嗦，脸色发白了。

"我知道您在这儿。"她说。我在她身边坐下来，握住她的手。一听见她那可爱的声音，我全身的血管又起了一阵早已被遗忘的战栗。她用她那双深邃而安详的眼睛向我望望，她的眼光里流露出猜疑和类似埋怨的神情。

"咱俩好久不见了！"我说。

"好久了，大家都变了很多！"

"这是说，你不再爱我啦？……"

"我结婚了。"她说。

"又结婚啦？几年前，这种理由不也存在吗？可是当时……"

她从我手里抽出手，两颊刷地红了。

“也许你爱你的第二个丈夫吧?”

她没有回答,却扭过头去。

“他是不是很爱吃醋啊?”

她沉默不语。

“究竟怎么样?他年轻,漂亮,一定很有钱,而你害怕……”我对她瞧了瞧,吃了一惊:她脸上现出极度绝望的神情,眼睛里闪动着泪珠。

“你倒对我说说,”她喃喃地说道,“你这样折磨我感到很快活吗?我应该恨你才是:自从咱俩相识以来,除了痛苦,你什么也没有给过我……”她的声音发抖了,她弯身凑近我,把头靠在我的胸口。

我心里想:“欢乐易逝,悲伤难忘!这也许就是你爱我的原因吧!……”

我紧紧地搂住她。我们就这样待了好一阵。我们的嘴唇终于接近了,融成一个令人销魂的热吻。她的手冰凉,脑袋发烧。于是我们之间就展开了一场谈话。这种谈话形诸笔墨就会丧失原意,也无法复述,甚至无法记住,因为声音的涵义代替和补充了语言的涵义,就像意大利歌剧那样。

她坚决不肯让我跟她的丈夫认识——就是我在林荫道上见过一眼的瘸腿小老头儿。她是为了替她自己的儿子着想才嫁给他的。他很有钱,但患着风湿病。我克制着不说他一句取笑的话,因为她像对待父亲那样尊敬他!但将来也会像对待丈夫那样欺骗他!……一般说来,人心是件怪东西,特别是女人的心!

维拉的丈夫,谢苗·华西里耶维奇,是李果甫斯卡雅公爵夫人的远亲。他住在她隔壁，维拉常常到公爵夫人家去玩。我答应她去结识李果甫斯基一家人，并且追求公爵小姐，以转移人家对她的注意。这样，我的计划就丝毫不会被打乱，这样我就会快快活活！

快快活活！……是的，一味追求幸福，内心渴望热爱什么人——这种感情在我已经是过去的事情了。如今我只想被人家所爱，而且被极少数人所爱，我甚至觉得，只要人家坚贞不渝地眷恋我，我就满足了：人心的习惯是多么可怜啊！……

有一件事老使我感到奇怪：我从来没有做过我所恋爱的女人的奴隶，相反，我总能绝对控制她们的意志和心灵，而且根本不花什么力气。这是什么缘故？是因为我一向对什么都满不在乎而她们却时刻担心失掉我吗？是由于强壮的身体的磁性在起作用吗？还是我根本没遇见过一个性格顽强的女人？

说句实话，我的确不爱个性很强的女人：女人要个性干什么！

对啦，我想起来了。有一次，只有这么一次，我爱过一个我始终征服不了的个性极强的女人……我们像仇人一样散伙了——但要是我迟五年遇见她，我们也许不会那样散伙的……

维拉病着，病得很厉害，虽然她自己并不承认。我担心她有痨病或者那种法语称之为慢性虚热[1]的毛病——这根本不是俄罗斯的病，在俄语里也没有这种病的名称。

当我们还在山洞里时，雷雨袭来了。这使我们在那里又多待了半小时。她并不要我对她立誓表示忠心，也不问我两人分手以

1　原文为法语。

后有没有爱过别人……她又像过去那样毫无顾虑地信任我，我也确实不会欺骗她：她是世界上我无法欺骗的唯一的女人！我知道我们不久又要分手，也许就是永别：各人走各人的路，直到墓地；但对她的回忆将永远鲜明地留在我的心里。我一向这样反复对她说；她也相信我，尽管嘴里说不。

我们终于分手了。我好一阵目送着她，直到她的帽子隐没在树丛和岩石后面。我的心痛苦地收缩着，就像第一次离别时那样。哦，我多么喜爱这种感情啊！这是青春带着它那荡涤心胸的狂风暴雨回到了我的身上吗？或者这只是她诀别的一瞥，留作纪念的最后一件礼物呢？……但一想到我的外貌还像个孩子，真是可笑：脸色虽然苍白，但还娇嫩；四肢匀称而灵活；头发浓密而卷曲；眼睛闪亮；热血沸腾……

我骑马回家，驰过草原。我爱骑上一匹骏马，顶着旷野的狂风，踏着萋萋的荒草奔驰。我贪婪地吞吸着芳香的空气，放眼遥望着苍茫的远方，竭力捕捉着那渐渐清晰的景象的朦胧轮廓。不论怎样的悲伤压住心头，不论怎样的烦恼折磨头脑，这些情绪全都一下子烟消云散了。我心里感到轻松，身体的疲劳压倒了精神的不宁。一看见南方阳光照耀下郁郁葱葱的群山，一看见蔚蓝无际的天空，或者听见从一个悬崖落到另一个悬崖的哗哗的流水声，天下就没有一双女人的眼睛能再留在我的心中。

我想，那些在瞭望台上打呵欠的哥萨克哨兵看见我漫无目的地骑马飞驰，准会纳闷不已，因为从服装上看，他们一定把我当作一个契尔克斯人。确实有人对我说，我穿上契尔克斯装骑在马上，比许多卡巴尔达人更像卡巴尔达人。说实在的，穿上这套讲究的军装，我就成为一个十足的花花公子了：身上没有一条多余的饰带，武器名贵而装饰却很大方，皮帽上的毛长短适中，裹腿和皮鞋都十分贴脚，再加上雪白的上衣和深咖啡色的契尔克斯外套。我花了许多工夫学习山民的骑马姿势，因此只要人家承认我的骑术是高加索式的，那就再也没有什么事比这更能满足我的虚荣心了。我有四匹马：一匹自己骑，三匹请朋友骑，免得一个人在田野里驰骋感到寂寞。可是朋友们高高兴兴地牵走我的马，却从来不跟我一起游荡。等我想到该吃饭的时候，已经是下午六点钟了。我的马累坏了，我骑着它走上大道，那是从五峰城通到德侨居留区去的——温泉上的人们常常骑马到那儿去野餐[1]。这条道路蜿蜒在树丛之间，往下通到流水哗哗、荒草萋萋的小峡谷里；周围矗立着蔚蓝的贝什图山、蛇山、铁山和秃山，这儿好像一座半圆形的露天剧场。我来到这样的一个小峡谷里，停下来饮马。这时候，大道上闹哄哄地出现了一大群骑马闲游的漂亮男女：太太小姐们都穿着黑色和蓝色的骑装，骑士们都穿着一半契尔克斯式、一半下新城式的服装；格鲁希尼茨基和梅丽公爵小姐走在前面。

温泉场上的太太小姐们还相信契尔克斯人会白天出来袭击；也许因为这个缘故吧，格鲁希尼茨基在兵士外套外面挂着一把马刀和两支手枪。他这副侠客打扮看来实在好笑。一丛高高的灌木把我的身体遮住，使他们看不见我，我却可以从枝叶缝里把他们看

1 原文为法语。

个一清二楚，并且从他们脸上的表情猜到，他们谈的话是很感伤的。他们终于来到了斜坡边上；格鲁希尼茨基拉住公爵小姐的马缰。于是我就听到了他们谈话的结尾：

“您想一辈子待在高加索吗？”公爵小姐说。

“俄罗斯对我有什么意思！”她的骑士回答，“在那里，许多人因为比我阔，就瞧不起我，可是在这里，这件粗外套并不妨碍我跟您认识……”

“正好相反呢……”公爵小姐羞红了脸，说。

格鲁希尼茨基脸上现出得意的神气，继续说：

“这儿，在野蛮人的枪弹下，我的生命在不知不觉中热闹而飞快地逝去。要是上帝每年都赐给我一个女人的明亮眼光，就像那……”

这当儿，他们走到我的旁边；我扬鞭抽了一下马，从灌木丛里蹿出来……

“天哪，契尔克斯人！[1]……”公爵小姐气急败坏地用法语叫道。

为了消除她的疑虑，我稍稍弯了弯身，用法语回答说：

“不用怕，小姐，我并不比您那位骑士更危险。”[2]

她窘得很——可是为什么？是由于自己的错误，还是因为她觉得我的回答太无礼了？我倒希望后一种假定是正确的。格鲁希尼茨基老大不高兴地向我瞪了一眼。

时间已经很晚，大约有十一点钟了，我到街旁的菩提树径里去

1，2　原文为法语。

散步。城市入睡了，只有几个窗子里亮着灯光。三面都矗立着玛苏克山支脉的黑压压峭壁，山顶上覆盖着一片不祥的乌云，月亮已在东方升起，远处的雪山像一条银流苏似的闪闪发亮。哨兵的吆喝声跟夜间自由倾泻的温泉的喧哗混成一片。街上偶尔响起嘚嘚的马蹄声，随即又传出了诺盖大车的辘辘声和鞑靼人的凄凉小调。我在一条板凳上坐下，沉思起来……我觉得我需要向人家倾诉衷肠……可是跟谁呢？……“此刻维拉在干什么？”我心里想……只要能在这一刻握一握她的手，我不惜付出任何重大的代价。

我忽然听见急促而杂乱的脚步声……准是格鲁希尼茨基……果然不错！

“从哪儿来的？”

“从李果甫斯卡雅公爵夫人家里。”他煞有介事地说，“梅丽唱得太好啦！……”

“你知道吗？”我对他说，“我敢打赌，她一定不知道你是个士官生，她还以为你是个降级的军官呢……”

“也许是吧！这干我什么事！……”他漫不经心地说。

“哦，我只是随便说说……”

“你可知道，你刚才把她气坏了？她认为这是闻所未闻的无礼行为。我好容易才使她相信，你受过那么好的教育，那么懂得上流社会的礼貌，决不会存心侮辱她的。她说你的眼神蛮不讲理，你这人一定十分高傲。”

“她说得不错……你不想替她辩护吗？”

“可惜我还没有这样的权利……”

“嗬!”我心里想,“可见他已经抱着希望了……”

“不过,这对你更不利,”格鲁希尼茨基继续说,“如今你想跟她们认识可难了。真可惜!就我所知,她们这一家是顶有意思的……”

我心里笑了笑。

“对我来说,如今顶有意思的就是我自己的家……”我打着呵欠说,站起身来要走。

“你倒坦白说一句,你不后悔吗?”

“笑话!只要我愿意,明天晚上就可以到公爵夫人家里去……”

“咱们瞧吧……”

“为了让你满意,我甚至可以去追求公爵小姐……”

“好嘛,只要她愿意跟你谈话……”

“一旦你的谈话使她感到厌烦了,我马上就……再见!……”

“我可要出去蹓蹓——这会儿我一点也不想睡……喂,咱们还是到饭馆里去坐一会儿吧,那边可以赌钱……我现在需要强烈的刺激……”

“祝你输钱……”

我就回家了。

/ 5月21日 /

差不多过了一个星期,我还没有跟李果甫斯基一家人认识。我在等待机会。格鲁希尼茨基形影不离地跟住公爵小姐,他们老是谈个没完——几时他才会使她厌烦啊？……她母亲对这事不加注意，因为他要求婚还不够资格。哼，真是做母亲的逻辑！我有两三次发现她含情脉脉地瞧着他——这种情况必须结束。

昨天维拉头一次在井边出现了……自从我们在山洞里邂逅之后，她没有出过家门。我们在同一个时间把杯子放到井里去汲水，她弯下腰，低声对我说：

“你就不肯同李果甫斯基一家认识！……我们只有在那边才能见面……”

这是抱怨！……真无聊！但我是罪有应得……

巧得很，明天饭馆大厅里将举行募捐舞会，我要跟公爵小姐跳玛祖卡舞了。

/ 5月22日 /

饭馆的大厅变成了贵族俱乐部的大厅。九点钟人都到齐了。公爵夫人带着女儿到得最晚。许多太太小姐都带着妒忌和恶意打量着梅丽公爵小姐，因为她打扮得很雅致。那些自命为本地贵族的人都藏起妒意，向她拥去。有什么办法？凡是有女人的地方，人立刻就会分成高低两等。格鲁希尼茨基站在窗外的人群中，脸贴着玻璃窗，眼睛死盯住他的女神。她走过他身边的时候，向他微微点了点头，他就立刻像太阳一样容光焕发……开头跳波兰舞，后来奏起华尔兹舞曲来。踢马刺叮叮作响，裙子的下摆团团旋转。

我站在一位头上插着粉红色羽毛的胖太太后面。她那衣服的华丽使人想起箍骨裙的时代，而她那粗糙皮肤上的疙瘩却使人想起用黑色塔夫绸做美人斑[1]的幸福日子。她脖子上最大的一个赘疣用宝石项链遮着。她对她的骑士——一位龙骑兵大尉说：

“李果甫斯基公爵小姐真是个顶可恶的毛丫头！您想想，她撞了我一下也不赔个不是，还回过头来拿带柄眼镜对我瞧瞧。真是岂有此理！[2]……她神气什么呀？真该教训她一番……”

“这个好办！”殷勤的大尉回答着，向另一个屋子走去。

我立刻走到公爵小姐跟前，利用当地准许男人跟陌生女人跳舞的风气，请她跳华尔兹舞。

她好容易才忍住微笑，藏起她那得意洋洋的神气。她很快就装出一副十分冷淡，甚至严厉的样子：她随随便便地把一只手搭在我的肩膀上，微微地侧着头。我们就跳起来了。我不知道还有比她更肉感更柔软的腰肢了！她那青春洋溢的气息抚摩着我的脸；有时在一阵华尔兹舞的旋风中，一绺鬈发在我火热的面颊上拂过……我跳了三圈。（她跳华尔兹跳得出色极了。）她娇喘吁吁，星眼蒙眬，嘴唇半开半闭，勉强照例用法语说了声：“谢谢，先生。”[3]

沉默了几分钟之后，我装出一副最温顺的样子对她说：

“公爵小姐，我听人家说，您虽然不认识我，我却不幸已经得罪您了……您认为我这人粗野无礼……这是真的吗？……”

“那您现在是不是要我来肯定这种意见呢？”她做出一副含嘲带讽的样子回答，不过，那神气跟她那张活泼的脸倒是很相称的。

“我要是在什么地方粗野无礼地得罪了您，那就请您允许我更

1　美人斑，欧美曾流行的用黑色塔夫绸在妇女脸上做成的黑斑。
2，3　原文为法语。

粗野无礼地求得您的宽恕吧……说实在的，我倒很希望向您证明，您这是把我错看了……”

“这您可不容易办到……”

“为什么？”

“因为您平时不会到我们家来，而这样的舞会是不会常常举行的。”

我心里想，这是说，她们的门对我永远关上了。

“您知道，公爵小姐，”我有点恼火地说，“不论什么时候都不该拒绝一个忏悔的罪人，要不然他横下一条心就会加倍地犯罪……到那时……”

周围响起了一片哄笑声和私语声，惹得我回过头去，并且把我的话打断了。离开我几步远的地方站着一群男人，那个龙骑兵大尉也在中间，并且对可爱的公爵小姐露出敌意。他得意洋洋地搓着手，呵呵笑着，跟同伴们挤眉弄眼。忽然从人群中走出一个穿燕尾服、蓄着长长的小胡子、面孔红红的先生，他朝着公爵小姐踉踉跄跄地走过来：他喝醉了。他面对着窘态毕露的公爵小姐站住了，两手抄在背后，一双混浊无光的灰眼睛直盯着她，哑着嗓子大声说：

“请您允许[1]……嗨，何必来那一套！……我只是请您陪我跳一回玛祖卡舞……”

“您要做什么呀？”她声音发抖地说，眼睛瞧着周围的人向他们

1 原文为法语。

求助。糟糕！她母亲离开她很远，而附近又没有一个她熟识的骑士。有个副官大概把这一切全看在眼里了，可是他躲到人堆里去，免得卷入这场纠纷。

“怎么样？”醉汉对那个正在用暗示怂恿他的龙骑兵大尉挤挤眼，说道，“难道您有什么不方便吗？……我再次斗胆请您跳玛祖卡舞[1]……您也许以为我喝醉了吧？这不要紧！……跳起来更加有劲，我敢向您保证……”

我看见她由于恐惧和气愤快要晕过去了。

我走到醉汉跟前，紧紧地抓住他的手臂，瞪了他一眼，叫他走开，因为我说公爵小姐早就答应跟我跳玛祖卡舞了。

“噢，那没有办法！……等下一次吧！”他笑嘻嘻地说，走到他那些狼狈不堪的同伴跟前。他们立刻把他领到另一间屋子里去了。

报答我的是一个令人销魂的媚眼。

公爵小姐走到她母亲身边，把这事全讲给她听了。公爵夫人在人群中找到了我，向我道谢。她说她认识我的母亲，并且跟我的半打姨娘姑妈都很要好。

“我不知道这是什么缘故，我们跟您以前会一直不认识，”她又说，“可是您得承认，这都得怪您自己：您见到谁都害臊，这样的人简直少有。我希望我家客厅的空气能吹散您的忧郁……是吗？”

我对她说了一句人人在这种场合都会说的应酬话。

---

1 原文为法语。

四人舞跳了好半天。

最后乐队奏起了玛祖卡舞曲；我跟公爵小姐坐了下来。

关于那个醉汉、关于我以前的行为和格鲁希尼茨基，我都绝口不提。刚才不愉快的一幕留给她的印象渐渐消失了；她容光焕发；她十分妩媚地说着笑话；她的谈话很俏皮，但并不装腔作势，听来活泼生动，她的意见有时很深刻……我用十分隐晦的话向她表示，我早就喜欢她了。她垂下头，脸上微微泛起一片红晕。

“您是一个古怪的人！”然后她抬起她那双天鹅绒似的眼睛望着我，不自然地笑着对我说。

“我过去不想跟您认识，”我继续说，“因为您周围有一大群爱慕您的人，我怕自己夹在他们中间会影踪全无的。”

“您不用担这份心！他们都是顶枯燥乏味的……”

“都是吗？难道个个都是吗？”

她眼睛直瞧着我，仿佛竭力在回想什么，然后又微微涨红了脸，终于断然地说：“都是！”

“连我的朋友格鲁希尼茨基也是吗？”

“他是您的朋友吗？”她露出几分怀疑的神色问。

“是的。”

“他当然不能归到乏味的一类人当中去……”

“但应该归到不幸的一类人当中去。”我笑着说。

“当然！您觉得好笑吗？我倒希望您代他设身处地想一想……”

“那又有什么？我自己也一度做过士官生。说实话，那还是我一生中最美好的时期呢！”

“他是个士官生？……”她很快地说，接着又补充说：“我还以为……”

“您以为什么？”

“没什么！……那位太太是谁？”

于是谈话就改了方向，不再回到原来的题目上来。

玛祖卡舞结束了，我们就分手——再见。太太小姐们都走散了……我去吃晚饭，遇见了魏纳。

“哈！”他说，“原来如此！您还说要从九死一生中把公爵小姐救出来才跟她认识呢。”

“我做得比那个更好，”我回答他说，“我在舞会上把她从昏厥中抢救了出来！……”

“这是怎么回事？您讲讲！”

“不，您自己猜——反正天下事您都猜得着！”

/ 5月23日 /

晚上七点钟光景，我在林荫道上散步。格鲁希尼茨基老远看见我，走到我跟前。他的眼睛里闪耀着一种可笑的兴高采烈的神色。他紧紧地握了握我的手，感伤地说：

“谢谢你，毕巧林！……你了解我吗？……”

“不。不过，无论如何不值得感谢。”我回答，因为凭良心说，我没有做过什么好事。

“怎么？那么昨天呢？难道你忘记了？……梅丽全讲给我听

了……”

“什么？难道如今你们已经不分彼此了吗？连感谢都是如此吗？”

“听我讲，”格鲁希尼茨基一本正经地说，“你要是依旧想做我的朋友，那就别再拿我的爱情开玩笑了……你该明白，我爱她爱得快疯啦……我想，我希望，她也爱我……我对你有一个要求：你今天晚上要到她们家去……请你答应替我观察一下。我知道这事你有经验，你比我了解女人……唉，女人！女人！谁能了解她们？她们的微笑跟她们的眼神是互相矛盾的；她们的话甜蜜迷人，她们的音调却冷酷无情……有时她们一下子就领悟和识透我们最秘密的思想，有时却连最明显的暗示也不明白……就拿公爵小姐来说吧：昨天她的眼睛盯着我，热情洋溢，今天却变得冷淡无光了……”

“这也许是洗了温泉澡的关系吧。”我对他说。

“什么事情你都只看见坏的一面……唯物论者！”他鄙夷地加了一句，“不过，让我们换一种物质[1]吧！”他因为用了这句蹩脚的双关语而得意起来。

八点多钟，我们一起到公爵夫人家去。

经过维拉的窗子，我看见她在窗口。我们彼此匆匆交换了一个眼色。她在我们到后不久也走进了李果甫斯基家的客厅。公爵夫人把我介绍给她，就像介绍给她的亲戚那样。我们一起喝茶，客人很多，谈话是一般性的。我竭力讨公爵夫人的欢心，说着笑话，好几次逗得她纵情大笑；公爵小姐也几次想放声大笑，可是克制

1 俄语“物质”一词又可作“话题”解。

着，免得破坏她想保持的神态：她认为愁眉不展的样子对她顶合适——这也许是不错的吧。格鲁希尼茨基似乎很高兴，因为我的快乐心情并没有感染她。

茶后大家都来到座谈室。

“我这样听话，你满意吗，维拉？”我在她身边走过时说。

她向我丢了一个充满爱情和感激的眼色。我看惯了她这种眼神，它们一度是我幸福的一个因素。公爵夫人叫女儿坐在钢琴旁边，大家都请她唱些什么。我一言不发，乘这喧闹的当儿跟维拉一起走到窗前。她想讲些对我们双方都关系重大的事……结果我们只谈了些废话……

当时，公爵小姐对我的冷淡感到气恼，这我能从她愤怒的眼神闪烁的一瞥中看出来……哦，我十分懂得这种短促而有力、没有声音而含有深情的言语！……

她唱起来。她的嗓子不坏，但唱得不高明……其实我并没听她。格鲁希尼茨基把臂肘搁在琴上，面对她站着，他的眼睛牢牢地盯着她，嘴里不断地用法语低声说：“真美！真迷人！”[1]

“你听我讲，”维拉对我说，“我不愿意你跟我丈夫认识，但你一定要使公爵夫人喜欢你。这在你是不费什么事的。这样你要做什么事都行了。我们只有在这儿才能够见面……”

“只有在这儿吗？……”

她红了脸，继续说：

1 原文为法语。

“你知道我是你的奴隶，我从来不会违抗你……但我却因此将受到惩罚：你会不再爱我的！至少我要保重我的名誉……不是为了自己：这一层你一定很明白！……哦，我求你别再像过去那样用毫无根据的猜疑和假装出来的冷淡来折磨我：我也许不久就要死了。我感到身体一天比一天虚弱……虽然如此，我无法想到将来的日子，我想到的只是你……你们男人不懂得眼睛瞟一瞟和手握一握的情意，可是我呢，我可以向你赌咒，一听到你的声音，心里就感到说不出的幸福，哪怕最热烈的接吻也不能代替它。”

这当儿，梅丽公爵小姐的歌声停下来了。她的周围发出了一片赞扬声。我最后一个走到她跟前，对她的好嗓子敷衍了几句。

她把下嘴唇一噘，扮了个鬼脸，怪滑稽地坐了下来。

“我觉得特别有面子，因为您根本没听……”她说，“但也许是您不爱音乐吧？……”

“正好相反——特别是在饭后。”

“格鲁希尼茨基说得对，您的趣味再庸俗不过了……我看您爱音乐只是从饮食角度出发的……”

“您又错了：我根本不是个讲究饮食的人；我的胃糟得很。但饭后的音乐能催人入眠，而饭后的睡眠对健康有好处，因此我爱音乐是从卫生角度出发的。可是一到晚上，正好相反，音乐又太刺激我的神经了：我不是变得太忧郁，就是变得太高兴。要是忧郁或者高兴没有正当的理由，那么两者都容易使人疲劳；再说，在大庭广众中忧郁是可笑的，而过分高兴又是失礼的。”

她没有听完我的话就走开了，坐到格鲁希尼茨基旁边。他们两人就开始了一场情意绵绵的谈话。不过，看上去公爵小姐对他那些妙语回答得漫不经心，并且文不对题，虽然竭力装出在用心听他的样子，因为他时而惊奇地瞧着她，拼命想猜透她的内心为什么激动，因为从她那心神不定的眼神里有时流露出这种情绪……

但我能猜透您的心情，亲爱的公爵小姐，小心点儿吧！您想对我一报还一报，打击我的自尊心吗？您办不到！您要是向我宣战，我会变得冷酷无情的。

整个晚上，我几次设法加入他们的谈话，但她对我的意见相当冷淡，最后我就假装恼火地走掉了。公爵小姐得意洋洋，格鲁希尼茨基也得意洋洋。你们得意吧，我的朋友，抓紧时间啊……你们得意不了多久的！……有什么办法呢？我有一种预感……只要跟女人一认识，我总能正确无误地断定她会不会爱我……

晚上的其余时间我是在维拉身边度过的，我们把往事谈了个畅！她为什么这样爱我，说实话，我不明白！何况她又是唯一彻底了解我、知道我的种种缺点和坏脾气的女人……难道邪恶就这样迷人吗？……

我同格鲁希尼茨基一起出来。到了街上，他挽住我的胳膊，沉默了好一阵之后说：

“嗯，怎么样？……”

我想对他说：“你是个傻瓜！”可是我忍住了，只耸耸肩膀。

/ 5月29日 /

这些天来，我始终没有放弃既定计划。公爵小姐开始对我的谈话感到兴趣。我把我生活中的几件奇遇讲给她听，她就把我看作一个不平凡的人。我嘲笑世界上的一切，特别是感情。这使她感到害怕。她当着我的面不敢跟格鲁希尼茨基展开感情激动的谈话，而且已经有几次用讥笑来回答他的行动了。不过，每当格鲁希尼茨基走到她跟前时，我总是装作知趣的样子走开，让他们俩待在一起。第一次，她对此表示高兴，或者竭力装出高兴的样子；第二次，她因此生我的气；第三次，她却生起格鲁希尼茨基的气来了。

“您这人很缺少自尊心。”她昨天对我说，“您凭什么认为我跟格鲁希尼茨基在一起更快乐些呢？”

我回答说，我是为了朋友的幸福而牺牲自己的快乐啊……

“还有我的快乐。”她加了一句。

我聚精会神地对她瞧瞧，装出一副很严肃的样子。以后我整整一天没跟她讲过半句话……昨天晚上她显出若有所思的样子，今天早上她在井边看来越发心事重重了。当我走到她旁边时，她正心不在焉地听着格鲁希尼茨基说话（他好像在赞美风景），但一看见我，就哈哈大笑起来（笑得很不自然），假装没注意到我。我走开一点儿，偷偷地观察她：她回过身子，背着她的交谈者打了两次呵欠。

毫无疑问，格鲁希尼茨基使她厌倦了。

我决定再继续两天不跟她说话。

/ 6月3日 /

我常常问自己，我为什么要这样执拗地去追求一个我根本不想勾引，也永远不会同她结婚的少女的爱情呢？我为什么要像女人那样卖弄风情呢？维拉爱我的程度将永远超过梅丽公爵小姐可能爱我的程度。要是公爵小姐在我的心目中是个不可征服的美人儿，也许我还会对克服可能遇到的困难产生兴趣。事实却完全不是这样！因此，这不是青春初期那种折磨我们的按捺不住的爱情冲动。这种冲动会把我们从一个女人身上扔到另一个女人身上，直到我们找到一个应付不了我们的女人为止。这样就出现一种恒久不变的情况：真正永无止境的情欲——这种情欲按照数学方法可以用从一点引向空间的线来表示——它的这种无穷的秘密就在于不可能达到目的，也就是终点。

我这样忙忙碌碌，究竟为了什么？为了嫉妒格鲁希尼茨基吗？可怜虫！他根本不值得嫉妒。或者只是出于一种恶劣而难以克制的感情——这种感情促使我们去破坏别人的美梦，以便当他在绝望之余来向我们求教时，可以得意洋洋地对他说：

“我的朋友，我也遭遇过同样的事！可是你也看见了，我还不是照样吃饭、睡觉吗，而且我希望临死的时候也不吭一声，不掉一滴眼泪呢！”

说实话，去占有一个年轻的含苞待放的心灵，真是莫大的快乐！年轻的心灵好像一朵鲜花，在第一道阳光的照耀下散发出最沁人心脾的芳香。你得在这个时刻把它摘下来，恣情地闻个够，然后把它弃在路上：总会有人把它捡起来的！我觉得我有不知餍足的欲望，要吞食人生路上遇见的一切；我只是从我个人的利害得失来关心别人的痛苦和欢乐，把它们看作维持我自己的精神的养料。我自己再也不会在情欲的冲动下变得疯疯癫癫；我的虚荣心受到环境的压制，但它用另一种方式表现出来，因为虚荣心无非是渴望取得权力，而我最大的快乐就是使周围的一切都服从我的意志。让人家对我表示爱戴、忠诚和敬畏，岂不是权力的首要标志和最大胜利吗？无缘无故地造成别人的痛苦和欢乐，这难道不是维持我们自尊心的最好养料吗？什么叫幸福？那就是自尊心得到了满足。要是我认为自己比天下一切人更好，更强，我就是幸福的；要是人人都爱我，我就会在自己身上找到永不涸竭的爱的源泉。邪恶产生邪恶；第一次的痛苦就使人意识到折磨别人的乐趣。邪恶的思想不可能进入一个人的头脑，要是他不想把它变为行动。有人说，思想是有机的东西，一旦产生就具有形式，这形式就是行动。一个人头脑里的思想越多，他的行动也就比别人多；因此，天才如果被束缚在办公桌上，那么他不是夭折，就得发疯，正像一个身强力壮的人饱食终日而无所用心，准会中风死掉一样。

情欲不是别的，而是思想发展的最初阶段，是属于青春的心灵的。谁要是以为人一辈子都会被情欲所激动，那真是十足的傻瓜：许多平静的河流都是从喧闹的瀑布开始的，却没有一条河流直到海洋都汹涌澎湃，浪花飞溅。但这种平静往往是一种伟大而潜藏的力量的标志：思想感情一旦丰富而深刻，就不容许疯狂的冲动。因为，灵魂在痛苦和欢乐的时刻能明辨是非，服从理性；它知道，要是没有雷雨，太阳的恒久的酷热会把它灼干；它深刻体验着自身的生活，抚爱自己，惩罚自己，就像母亲对待爱子那样。只有处在这种自我认识的最高境界，一个人才能领会神的裁判。

重读这页日记，我发现离题太远了……但这有什么关系？……

既然这日记我是为自己写的，那么，凡是记下来的一切，将来对于我都会成为珍贵的回忆。

……

格鲁希尼茨基来了，一把搂住我的脖子：他升做军官了。我们喝了香槟酒。魏纳医生随后也来了。

“我不向您道喜！”他对格鲁希尼茨基说。

“为什么？”

“因为兵士的外套您穿着挺合适，您得承认，在这儿温泉上缝制的步兵军官外套是不会给您增添什么光彩的……要知道，您到现在为止是个例外人物，以后就会变得平淡无奇了。”

“讲下去，讲下去，医生！您不会破坏我的兴致的。”格鲁希尼茨基又在我的耳边说：“他不知道这些肩章给我带来了多少希望……哦，肩章，肩章！你上面的星星就是指路的明灯……不！我现在是万事如意啦！”

“你愿意跟我们一起到山坳那边去散步吗？”我问他道。

“我？在军服没做好以前，我是决不愿让公爵小姐看见的。”

“你要我把你的喜讯告诉她吗？”

“不，请你别说……我要让她吃一惊！……”

“那你倒对我讲讲，你跟她的事怎样了？”

他窘了，犹豫不决：他想吹牛，撒谎，可是问心有愧，而把真相坦白出来，又觉得不好意思。

“你以为她爱不爱你呢？”

“爱不爱？对不起，毕巧林，你这是想到哪儿去啦！……怎么能这样快啊？……就算她爱，一个正派女人也说不出口来呀……”

“好！照你看来，一个正派的男人大概也不该吐露自己的热情吧？”

“唉，老兄！凡事总得有个方式，许多事情大家都是心照不宣的……”

“这是实话……不过，光从女人眼睛里看出来的爱情是作不得准的，但要是她们开了口，那就……小心啊，格鲁希尼茨基，她在哄你呐……”

“她？”他抬起眼睛望着天空，得意洋洋地笑了笑，回答说，“我可怜你，毕巧林！……”

他走了。

晚上，一大伙人动身到山坳那儿去。

据当地学者的意见，这山坳只是一个熄灭了的火山喷火口。它在玛苏克山的斜坡上，离城只有两里地。有一条羊肠小道，穿过树丛和岩石通到那儿。上山的时候，我把一只手伸给公爵小姐扶着，直到游览完毕，她始终没有放开我的手。

我们的谈话从议论人家的是非开始：我列举在场的和不在场的我们的熟人，先指出他们可笑的方面，又揭发他们卑劣的方面。我的脾气发作了；我开头只是开开玩笑，结果却真正恼火起来。起初这使她快活，后来却弄得她害怕了。

“您是个危险人物，”她对我说，“我情愿在树林子里死在凶手的刀下，也不愿被您的舌头所糟蹋……我真心诚意地请求您，当您想说我坏话的时候，您还是拿把刀子把我杀了吧——我想这在您是不太困难的。”

“难道我像个凶手吗？……”

“您比凶手还要坏……”

我犹豫了一下，随即装出一副深受感动的样子说：

“是啊！我的命运从小就是这样的。大家在我脸上看出恶劣品质的征象，其实我并没有这些品质，但既然他们认为有，这些品质也就产生了。我天性淳朴，可是人家责备我狡猾。这样我就变得畏首畏尾了。我在感情上善恶分明，可是没有一个人爱护我，大家都侮辱我。这样我就变得容易记恨了。我从小郁郁寡欢，别的孩子都高高兴兴，有说有笑；我觉得自己比他们高尚，人家却把我看得比他们低劣。这样我就变得喜欢嫉妒了。我想爱整个世界，可是没有一个人了解我。这样我就学会了恨。我的暗淡无光的青春，就是在跟自己和跟社会斗争中逝去的；因为害怕嘲笑，我把自己最好的感情埋葬在心底里，它们也就在那里死掉。我说实话，可是人家不相信我。这样我就开始欺骗。在深深懂得世态人情以后，我就精通处世之道了，但我看到别人不通此道也很幸福，并且毫无代价地享受我煞费苦心去追求的那些好处，这样我就产生了绝望的心情。这种心情不是手枪枪口所能医治的，它隐藏在殷勤的态度与和蔼的笑容之下，是一种冷冰冰的软弱无力的绝望情绪。我在精神上残废了：我的一半灵魂不再存在，它枯萎，涸竭，死掉，我把它割下来丢掉了；而另一半灵魂却在颤动，准备为每一个人效劳，可是谁也没有注意到这一点，因为谁也不知道我还有一半灵魂死掉了。如今您却在我心里唤醒了对它的回忆，我也就把它的墓志铭念给您听了。一般说来，许多人认为墓志铭都是可笑的，但我并不认为可笑，特别是想到墓志铭底下埋着的东西。不过，我并不要求您赞同我的意见。要是您觉得我的行为可笑，您就笑好了：我预先向您声明，我决不会因此而生气的。”

这当儿，我看见了她的眼睛：眼睛里滚动着泪水，她的手臂靠着我的手臂，颤抖着，她的双颊绯红……她在可怜我！同情心，这种极容易支配一切女人的感情，已经把它的利爪伸到她那缺乏经验的心里。在散步的时候，她始终心不在焉，也没向谁卖弄风情……这可是个了不起的标志！

我们来到山坳里。太太小姐们都丢开自己的骑士，她却没放掉我的手。本地花花公子的俏皮话没有引得她发笑；她所站立的悬崖的峻险也没使她害怕，而别的小姐却都吓得尖声怪叫，闭上眼睛。

在归途中，我没再继续刚才感伤的谈话，但她回答我的问题和玩笑却很简短而漫不经心。

“您恋爱过没有？”我终于问她说。

她凝神对我望望，摇摇头……又沉思起来。显然，她想说些什么，但不知道从哪里说起；她的胸脯起伏不止……怎么办！薄纱袖子是一种无济于事的防御：一道电流从我的手里传到她的手里。一切情欲差不多都是这样开始的，但我们往往硬要欺骗自己，以为一个女人是由于我们体格上或精神上的长处而爱我们的。当然，体格上或精神上的长处促使她的心易于接受神圣的火焰，但最初的接触毕竟是决定事情的关键。

“我今天很可爱，是吗？”当我们散步归来的时候，公爵小姐强颜欢笑地说。

我们分手了……

她对自己不满意，她责备自己太冷淡！哦，这是最初的也是最重要的胜利。明天她准会报答我的。这一切我太熟悉了。唉，无聊就无聊在这里！

/ 6月4日 /

今天看见维拉。她用嫉妒来折磨我。看光景，公爵小姐把心里的秘密向她和盘托出了：应该承认，她挑对象真是挑得太合适啦！

“我能猜透这一切的用意在哪里，”维拉对我说，“现在你最好干脆告诉我你爱上她了。”

“但要是我不爱她呢？”

“那你为什么要追求她，搅乱她的心，害得她胡思乱想？……哦，我可太了解你了！听我说，你如果要我相信你，那么一星期之后你到基斯洛伏德斯克来。我们后天就要上那儿去了。公爵夫人在这儿还要待些日子。你在旁边找个住所。我们将住在那所靠近温泉的大房子里，我们住楼上，李果甫斯卡雅公爵夫人住楼下。隔壁就有一所房子还没租出去，是同一个房东的……你来吗？……”

我答应了，而且当天就派人去把那所房子租下来。

格鲁希尼茨基晚上六点钟到我这儿来，说他的军服明天就可以做好，正好赶上舞会。

“我终于可以跟她跳上一个晚上了……哈，这下子可以痛痛快快地跟她谈一番啦！”他又说了一句。

“什么时候开舞会啊？”

“就在明天！难道你不知道吗？这可是个盛会，是当地长官发起的……”

“咱们到林荫道上去走走吧……”

“不去！穿着这件难看的外套……”

“怎么，你不喜欢它了？……”

我一个人走了。遇见梅丽公爵小姐，我请她去跳玛祖卡舞。她似乎又惊又喜。

“我还以为您像上次那样，非万不得已是不跳舞的呢。”她迷人地笑着说……

她似乎根本没注意到格鲁希尼茨基不在场。

“明天您会感到又惊又喜的。”我对她说。

“为什么？”

“这是秘密……您在舞会上自己会猜到的。”

我在公爵夫人家里度过一个晚上。除了维拉和一位很滑稽的小老头子以外，没有别的客人。我情绪很好，胡诌了几个奇奇怪怪的故事。公爵小姐坐在我的对面，那么聚精会神，甚至含情脉脉地听着我的一派胡言，使我感到惭愧。她的活泼，她的风情，她的任性，她那傲慢的神气、轻蔑的微笑和飘忽的目光都到哪儿去了？……

这一切维拉都看在眼里，她那病态的脸上现出深刻的悲伤。她坐在窗旁的阴影中，身子深陷在一把宽大的软椅里。我可怜起她来了。

当时我讲了我跟她相识和恋爱的全部悲剧——当然，这一切都是用化名掩盖起来的。

我把我的柔情、我的不安和喜悦描绘得那么有声有色，我又把她的行为和性格说得那么好，使她不由得不饶恕我跟公爵小姐的调情。

她站起来，坐到我们旁边，变得活泼了……直到深夜两点钟我们才想起医生要她十一点钟睡觉呢。

/ 6月5日 /

在舞会开始前半小时，格鲁希尼茨基穿着一身金光闪闪的军官制服来找我。制服的第三颗纽扣上系着一条青铜链子，链子的一端挂着一副带柄的双眼镜；两枚大得出奇的肩章向上翘着，活像爱神的翅膀；他的靴子吱吱作响。他左手拿着一双棕色皮手套和一顶军帽，右手不断地把额发捻成卷曲的样子。他的脸上显出十分自得的神气，但同时带有几分疑虑。他那喜气洋洋的外表和傲气十足的步伐，要是在我心情好的时候，准会使我捧腹大笑的。

他把帽子和手套丢在桌上，动手拉挺制服的后摆，在镜子前面打扮起来。一条很大的黑巾缠着极高的领带衬，领带衬的鬃毛抵住他的下巴，那黑巾露在领子外面半寸宽，但他还嫌露得太少，就拼命把它往耳朵那里扯。由于军服的领子又紧又不舒服，他使劲扯着，扯得满脸通红。

“听说，你这几天在拼命追求我的公爵小姐。”他漫不经心地说,也不向我瞧一眼。

“癞蛤蟆哪配吃天鹅肉!”我用普希金一度吟咏过、从前一个最调皮的浪子[1]所喜爱的口头禅来回答他。

“你倒说说,这军装合我的身吗?……哼,那该死的犹太人!……胳肢窝底下怎么裁的!……你有香水吗?”

“老兄,何必呢?你身上的玫瑰香已经够浓的了……”

“没关系。拿来……”

他在领带上、手帕上和袖子上倒了半瓶香水。

“你打算跳舞吗?”他问。

“我不想。”

“我怕我得跟公爵小姐领先跳玛祖卡舞,可我连一个花样都不会……”

“你约过她跳玛祖卡舞吗?”

“还没有……”

“当心别让人抢在你的前头……”

“说得对。”他敲了敲脑门说,“再见……我到门口去等她。”他抓起帽子跑了。

半小时以后我也动身了。街上黑暗而冷清。俱乐部(或者说酒店)周围却挤满了人,窗子里灯光通明,晚风把军乐声送到我的耳朵里。我慢吞吞地走着,心里感到很悲哀。我想,难道破坏人家的希望就是我活在世界上的唯一使命吗?自从我开始生活和行动

---

1 浪子,指普希金的朋友骠骑兵彼得·巴甫洛维奇·卡维林(1794—1855)。

以来，不知怎的，命运总是要我去参加别人的悲剧的收场，仿佛没有我，就谁也不会死亡或者绝望似的！我是第五幕[1]里必不可少的人物，我总是不由自主地扮演着刽子手或者叛徒的可怜角色。命运这样安排有什么目的啊？……是要我去做个庸俗悲剧和家庭艳史的作者呢，还是成为例如《读书文库》[2]之类的小说撰稿人？……只有鬼知道！……许多人在开始生活时不是都想像亚历山大大帝[3]或者拜伦勋爵那样度过一生，结果却当了一辈子九等文官吗？……

我一走进客厅，就躲在男人堆里，开始观察。格鲁希尼茨基站在公爵小姐旁边，正在起劲地谈着什么。她心不在焉地听着，把扇子贴住嘴唇，东张西望。她脸上露出不耐烦的神气，眼睛在四下里找着什么人。我悄悄地从后面走过去，想偷听他们的谈话。

“您在折磨我，公爵小姐，”格鲁希尼茨基说，“这些日子我没见着您，您大大地变了……”

“您也变了。”她匆匆地瞧了他一眼，回答说，他却没看出她眼光里暗含着嘲笑。

“我？我变了？哦，永远不会！您要知道，这是不可能的！谁只要见过您一面，就会把您那天仙般的容貌牢记在心里……”

“别说啦！”

“您如今为什么不愿意听不久以前还那么爱听的话呢？”

“因为我不爱听老调子。”她笑着回答。

1　欧洲古典剧一般都包括五幕，第五幕就是最后一幕。
2　《读书文库》，俄国杂志，1834年起出版于彼得堡，文章多充满小市民趣味。
3　亚历山大大帝（前356—前323），马其顿国王，著名统帅。

“哦，我真是大错特错了！……我这傻瓜还以为这些肩章至少能让我寄托一些希望……唉，我还是一辈子穿那件被人瞧不起的兵士外套好，也许我是靠了它才蒙受您的青睐的……”

“真的，您穿那件外套要合适多了……”

这时候，我走了过去，向公爵小姐行了个礼。她稍微有点脸红，连忙说：

“毕巧林先生，我说格鲁希尼茨基先生穿灰外套要合适得多，您说是吗？”

“我不同意您的看法，”我回答说，“他穿军官制服显得年轻多了。”

格鲁希尼茨基受不了这个打击：他像一切毛孩子那样，希望人家把他看作老头子，他以为他脸上情欲的深痕可以冒充年龄的烙印。他怒气冲冲地向我瞪了一眼，跺了跺脚，走掉了。

“您倒坦白说一句，”我对公爵小姐说，“他这人虽然一向很可笑，但不久以前您不是还觉得他……穿着那件灰外套……怪有趣吗？”

她垂下眼睛，没有回答。

格鲁希尼茨基整个晚上一直盯住公爵小姐，不是跟她一起跳舞，就是跟她面面相对。他瞪着眼睛拼命打量她，叹着气，他的不断恳求和抱怨使她感到讨厌。跳了三次四人舞之后，她已经恨他了。

“我真没料到你会这样。”他走过来抓住我的手臂，说。

“什么事呀？”

“你要跟她跳玛祖卡舞吗？”他郑重其事地问，“她向我坦白了……”

“哦,那又怎么样？难道这是秘密吗？”

“当然,我早就该料到那个毛丫头……那个骚娘们……我一定要报仇！”

“这该怪你的外套或者肩章,怎么能责备她呢！她不再喜欢你了,这能算她的错吗？”

“那她为什么要让人家抱希望呢？”

“那你为什么要抱希望呢？有点什么要求,这我是理解的,可是谁就因此抱定希望啦？”

“这一局算你赢了,可是并没有决定胜败！”他恶狠狠地笑着说。

玛祖卡舞开始了。格鲁希尼茨基选定公爵小姐一人跳,别的骑士也不断地请她跳：这显然是一种对付我的阴谋。这样反而更妙。她想跟我谈话,人家不让,这样她就更想了。

我两次紧握了她的手；第二次握时,她一言不发,把手缩了回去。

“今夜我要睡不好觉了。”当玛祖卡舞结束的时候,她对我说。

“这该怪格鲁希尼茨基不好。”

“哦,不！”她的脸变得那么忧郁,那么感伤,我决定今天晚上一定要吻吻她的手。

客人纷纷走散了。我扶公爵小姐坐上马车,连忙拿起她的小手贴在我的嘴唇上。天色很黑,谁也不可能看见这一幕。

我回到客厅里,非常得意。

许多青年人正围着一张大桌子吃饭,格鲁希尼茨基也在里面。当我走进去的时候,大家都住了口。显然,刚才正在谈论我。许多人从上次舞会以来就生我的气,特别是那位龙骑兵大尉。现在呢,准是在格鲁希尼茨基的指挥下纠合了一帮反对我的人。他的神气那么骄傲,那么大胆……

好极啦!我爱敌人,虽然不是按照基督的精神。他们给我解闷,使我的血液沸腾。时刻提高警惕,捕捉每一个眼神,琢磨每一句话的含义,猜透诡计,揭穿阴谋,假装受骗,然后出其不意地一举粉碎人家处心积虑策划的种种奸计——这就是我所谓的生活!

在吃饭的时候,格鲁希尼茨基不断地跟龙骑兵大尉交头接耳,挤眉弄眼。

/ 6月6日 /

今天早晨维拉跟她丈夫到基斯洛伏德斯克去了。当我上李果甫斯卡雅公爵夫人家去时,路上遇见他们的马车。她向我点点头,她的眼光里含着责备的意味。

这该怪谁呢!她为什么不肯给我跟她单独见面的机会啊?爱情好比烈火,没有燃料就会熄灭。也许嫉妒能做到我的要求所做不到的事。

我在公爵夫人家里坐了整整一小时。梅丽没有出来,她病了。晚上在林荫道上也没见着她。最近重新纠合的那帮人用带柄眼镜武装着,显出气势汹汹的样子。我庆幸公爵小姐病了,要不然,他们也许会对她做出什么蛮不讲理的事情来。格鲁希尼茨基头发蓬乱,露出绝望的神气。看来他确实很苦恼,特别是他的自尊心受到了伤害。不过,天下确有这样一些人,他们即使绝望,也很可笑。

回家的路上,我觉得自己有点惘然若失。我没有见着她!她病了！难道我真的爱上她了？……废话！

/ 6月7日 /

上午十一点钟——这是李果甫斯卡雅公爵夫人通常在叶尔莫洛夫浴室里浑身流汗的时候——我走过她们的房子。公爵小姐若有所思地坐在窗口，她一看见我，就跳了起来。

我走进穿堂，一个人也没有。我利用当地习惯的自由，不经通报就走进会客室。

一层灰暗的苍白笼罩着公爵小姐娇美的脸。她站在钢琴旁边，一只手臂搁在椅背上——这只手臂在微微哆嗦。我悄悄地走到她跟前说：

"您在生我的气吗？"

她抬起眼睛，慵懒而深情地对我瞅了一下，摇摇头。她的嘴唇想说什么，可是说不出来；她的眼睛里噙满了泪水。她颓然在椅子上坐下来，双手蒙住脸。

"您怎么啦？"我拉住她的手，说。

"您不尊重我！……哦！您别来管我！……"

我走了几步……她坐在椅子上挺直身子，眼睛闪闪发亮……

我站住了，握住门把手说：

"请您原谅我，公爵小姐！我的行为像个疯子……下次我再不会做出这样的事来啦：我一定注意改正！……直到此刻在我心灵里所发生的一切，您又何必知道呢！您永远不会知道的，这样对您反而好些。再见。"

我走出来的时候，似乎听见她在哭。

我在玛苏克山周围散步直到黄昏，疲劳得很，回家倒在床上，简直瘫痪了。

魏纳来看我。

“听说您要跟李果甫斯卡雅公爵小姐结婚，这是真的吗？”他问。

“您说什么？”

“全城都在这样说，我的病人个个都很注意这个重要新闻。那些病人啊，真是样样都知道！”

“这是格鲁希尼茨基搞的花样。”我心里想。

“医生，为了向您证明这些谣言的荒唐无稽，我可以私底下告诉您，明天我要上基斯洛伏德斯克去……”

“那么，公爵夫人也去吗？”

“不，她还要在这儿待一星期……”

“那么，您不结婚吗？”

“医生啊医生！您倒瞧瞧我：难道我这人像个新郎之类的角色吗？”

“我不是说这个！不过您该知道，”他狡猾地笑着补充说，“遇到有种情况，一个上等人就非结婚不可了，而有些做妈妈的至少没有想到会发生这种情况。所以，作为朋友，我劝您可得小心啊！这儿温泉上的空气危险极了。我见过多少出色的青年，他们本该有更好的命运，却离开这儿赶去结婚……说来您也许不相信，人家甚至也要我结婚呢！县里有位做妈妈的，她的女儿脸色很苍白。算我倒霉，我对她说，结婚之后脸色会变好的。于是她就感激得流着眼泪，要把女儿许配给我，还加上全部财产——大概是五十个农奴吧！我只好回答她说，这事我可无能为力。”

魏纳信心十足地走了，他满以为已经给了我警告。

我从他嘴里得知，城里已经传遍了种种关于我和公爵小姐的恶毒谣言：格鲁希尼茨基一定得为此付出代价！

/ 6月10日 /

我来基斯洛伏德斯克已经三天了。我每天在井边和散步的时候看见维拉。早晨一醒来，我就坐在窗口，拿带柄眼镜对准她的阳台；她早已打扮好，等着约定的暗号。在从我们的房子通到下面井边的花园里，我们像是无意地碰在一起。山上清新的空气使她恢复了红润的脸色和力气。怪不得纳尔桑被称为“武士泉”。当地居民肯定说，基斯洛伏德斯克的空气有助于恋爱，在玛苏克山麓发生的一切风流韵事，总是在基斯洛伏德斯克收场的。的确，这里一切都远离人烟，一切都神秘莫测：不论是那高悬在山涧之上的菩提树小径的浓荫（山涧从一块石板落到另一块石板上，闹声震天，白沫飞溅，在青山之间开辟出一条道路），不论是那雾气弥漫的幽静峡谷（峡谷的分支从这里通向四处），不论是那充溢着南方茂草和刺槐的芳香的清新空气，也不论是那冰凉的溪流日夜不停催人入眠的淙淙水声（这些溪流汇合于谷地的末端，争先恐后地奔流着，最后注入波德库莫克河）。从这边望去，峡谷更宽，变成一个苍翠的凹地，上面蜿蜒着一条灰沙飞扬的道路。我每次向它眺望，仿佛总看见有辆马车在路上奔驰，车窗里还露出一张粉红色的脸儿。在这条路上行驶的马车很多，却始终不见那一辆。要塞后面的村子里已经住满了人家；盖在小岗上，离我的住所只有几步路的那家饭馆，每到黄昏都有灯光从双排的杨树丛里漏出来；喧哗声和玻璃杯的丁当声一直响到深夜。

人们喝的卡汉金葡萄酒和矿泉水，哪儿也没有这儿多。

> 把这两门行当混为一谈的人真多，
> 可我不是他们中间的一个。[1]

格鲁希尼茨基带着他那帮人天天在酒店里吵吵闹闹，差不多不跟我打招呼。

他昨天才来到这里，可是已经跟三个老头子吵过架了，因为他们想在他之前入浴。显然，他所遭到的不幸已经在他身上变成了急躁好斗的情绪。

/ 6月11日 /

她们终于来了。我正坐在窗口，一听见她们马车的辘辘声，我的心就发抖了……这是什么道理？难道我真的爱上她啦？……我这人天生糊涂，这种情况是可能发生的。

我在她们家里吃午饭。公爵夫人十分温柔地瞧着我，而且一步

1　这里引用格里鲍耶陀夫的剧本《聪明误》第一幕恰茨基的话，但在用词上与原话稍有出入。

也没离开过她的女儿……糟啦！维拉却为了我吃公爵小姐的醋：我终于求得了这种幸福！为了使情敌伤心，一个女人什么事干不出来啊！我记得有一个女人爱上了我，就因为当时我在爱另一个女人。天下没有什么比女人的头脑更古怪的了：不论什么事要说服女人是很困难的，你只能设法使她们自己说服自己；她们用来破除自己偏见的一套论证办法也是十分古怪的；你要学会她们的辩证法，必须推翻自己头脑里一切从学校里学来的逻辑法则。譬如，通常的说法是：

“这个人爱我，可是我已经有了丈夫，因此我不应该爱他。”

而女人的说法是：

“我不应该爱他，因为我已经有了丈夫，可是他爱我，因此……”底下只有六个点(省略号)，因为理性已经说不出什么话了，在这种场合说话的多半是舌头、眼睛，随后是心，如果有这种东西的话。

万一我这几行日记落到一个女人的眼里，那又会怎么样？她一定会气得高声大叫：“这是诽谤！”

自从世界上有了作诗的诗人和读他们诗的女人以来(在这方面应该对女人表示最深切的感谢)，她们不知多少次被称为天使，而她们由于心灵单纯居然真的相信这种谀辞，却忘记同是那些诗人，为了金钱竟把尼禄王[1]捧为活神仙……

这样刻薄地谈论女人，在我是不应该的，因为我活在世界上除

1　尼禄王(37—68)，古罗马皇帝，以暴虐、放荡出名。

了女人什么也不爱，因为我总是准备为她们而牺牲安宁、功名、生命……不过，我并不是由于极度烦恼和虚荣心受到伤害而竭力想撕下她们脸上那张具有魔力的面纱——只有老练的眼睛才能透过这张面纱看清她们的真面目。不，我谈到她们的一切只是出于：

头脑的冷静观察，
和心灵的悲伤感受。[1]

女人应该希望个个男人都像我那样了解她们，因为自从我不再害怕她们并且看透她们的弱点以来，我更加百倍地爱她们了。

顺便说说：魏纳前两天把女人比作塔索[2]在《耶路撒冷的得救》里所描写的迷魂林。他说："你刚一接近，就有种种勾魂摄魄的东西从四面八方向你袭来：责任啦，骄傲啦，礼节啦，舆论啦，嘲弄啦，轻蔑啦……你只要不去理它们，一直向前走，这些怪物就会渐渐消失，你的面前就会展开一片幽静而明朗的草地，草地上苍翠的桃金娘正在开花呢。但如果你开头就心惊胆战，转身后退，那就完了。"

/ 6月12日 /

今天晚上出了好几件事。离开基斯洛伏德斯克六里地，在波德库莫克河流过的峡谷里，有一个叫"指环"的山岩。这是一道天然的门，耸立在高岗上，夕阳总是通过这扇门把它最后一束火焰般

1　引自普希金长诗《叶甫盖尼·奥涅金》。
2　塔索（1544—1595），意大利文艺复兴时期诗人。

的光芒投射到世界上。许多男女游客骑马来到这里，通过这扇石门观赏落日的景象。但是说句实话，我们中间没有一个人想到过太阳。我和公爵小姐并排骑着马；回家的路上必须在波德库莫克河上涉水而过。山涧尽管很小，却也有危险，特别是因为它们的底简直像个万花筒：由于波浪的冲击，天天都在变样；昨天是一块石头，今天就变成一个窟窿了。我抓住公爵小姐的马笼头，把她的马拉到深不及膝的水里。我们开始慢吞吞地斜逆着水流前进。谁都知道，在涉过激流时，眼睛不能往水里瞧，你一瞧，头就会发晕。这一层我忘记预先警告梅丽公爵小姐了。

我们已经涉到水流最急的山涧中央。这时候，她的身子忽然在马鞍上晃了一下。“呵，我不舒服！”她声音微弱地说……我连忙向她俯下身去，一手搂住她的细腰。

“眼睛往上瞧，”我低声对她说，“不要紧，别害怕，有我跟您在一起。”

她好了一些，想挣脱我的手，可是我把她那柔软娇弱的身子搂得更紧了一些。我的面颊几乎触到她的面颊，她脸涨得通红。

“您要拿我怎么样啊！……天哪！……”

我不顾她的恐惧和窘急，我的嘴唇接触到了她娇嫩的面颊。她浑身抖了一下，但什么话也没说。我们走在大伙儿后面，谁也没看见这情景。当我们登上对岸时，大伙儿已经在纵马奔驰了。公爵小姐勒住马，我留在她身边。显然，我的沉默使她坐立不安，但我发誓不说一句话——这是出于好奇心。我想看看她怎样摆脱这种尴尬局面。

“您不是瞧不起我就是很爱我！”她终于抽噎着说，“也许您想作弄我，搅乱我的心境，然后把我丢掉……这可太卑鄙、太恶劣了，但愿这只是我的猜想……哦，您不会的！是吗？”她用充满信任的亲切口吻说，“我并没有什么让人瞧不起的地方，是吗？对您的放肆……我应该原谅，因为是我允许的……您回答呀，您说话呀，我要听您的声音！……”最后一句话流露出女人的急躁心情，我不禁笑了笑，幸亏天色已经黑了。我什么也没回答。

“您不开口吗？”她继续说，“您也许是要我先对您说我爱您……”

我还是不做声。

“您要不要啊？”她急急地向我转过身来，继续说。在她那毫不犹豫的眼神和急切的语气中含有一种可怕的东西……

“何必呢？”我耸耸肩膀回答。

她抽了马一鞭子，就顺着那狭隘而危险的道路拼命飞驰。这个动作是那么迅速，我好容易才赶上她，而等我赶上，她已经跟其余的人跑在一起了。她一路上又说又笑，直到家里。她的举动有一点狂热；她一眼也不瞧我。大家都注意到她这种异乎寻常的欢乐情绪。公爵夫人望着女儿，心里也很高兴；做女儿的呢，简直是神经病发作：夜里她会失眠，她会痛哭的。想到这一层，我心里感到无限快乐。有时候我也有吸血鬼[1]那样的感情！……可人家还说我是个好人，而且我也在拼命追求这种名声。

1　吸血鬼，当时流行的英国小说《吸血鬼》中的主人公，以残酷著称。

太太小姐们下了马，都走进公爵夫人家里。我心情很激动，就继续向山里驰去，好驱散萦回在我头脑里的思绪。露珠滚滚的黄昏使人感到凉爽舒适。月亮从黑魆魆的山峰后面升起来。我那匹没有打掌的马，每走一步都在寂静的峡谷里发出重浊的响声。我在瀑布那里饮了马，贪婪地吸了两下南方之夜的新鲜空气，就折回家来。我骑马穿过村子。窗子里的灯火已在渐次熄灭；要塞围墙上的哨兵和在附近巡逻的哥萨克兵拖长声音互相吆喝着……

村子里有一座房子盖在峡谷边上，我发现里面的灯光特别明亮；嘈杂的谈话声和叫嚷声不时从那里传出来，显然军人们正在里面饮酒作乐。我下了马，悄悄地走到窗旁：没有关紧的板窗使我能看见纵酒狂欢的人，并且听见他们的谈话。他们正在谈论我。

龙骑兵大尉喝得满脸通红，拳头往桌上一敲，要大家注意。

"诸位！"他说，"这太不像话啦！毕巧林这家伙，我们得教训教训他！这些彼得堡的暴发户，要是你不打扁他们的鼻子，他们总是神气得不得了！这家伙老是戴着干净的手套，穿着擦得锃亮的皮靴，自以为只有他一个人在上流社会里混过。"

"还有他那种目空一切的嘲弄神气！但我相信他是个胆小鬼，是的，是个胆小鬼！"

"我也这样想。"格鲁希尼茨基说，"他把什么事都当作玩笑。我有一次对他说了这样的话，换了别人，准会当场砍掉我的脑袋的，毕巧林听了却一笑了事。我当然没有去逗他，因为这是他的事，再说我也不想找麻烦……"

"格鲁希尼茨基恨他，那是因为他把公爵小姐从他手里抢走了。”有人说。

“亏你想得出！不错，我追求过公爵小姐，但立刻放手了，因为我不愿意结婚；而去损害一位姑娘的名誉，那是违反我做人的原则的。”

“我敢向你们担保，他是天字第一号胆小鬼，我说的是毕巧林，不是格鲁希尼茨基——哦，格鲁希尼茨基是个好样的，何况他又是我的忠实朋友！”龙骑兵大尉又说，“诸位，这儿没有人袒护他吗？一个也没有？……那更好了。你们要不要试试他的胆量？这会使大伙儿高兴的……”

“我们要，可是怎么试啊？”

“喏，你们听我说：格鲁希尼茨基特别恨他，所以他应该当主角！他得在什么事上找个茬儿，要毕巧林跟他决斗……你们听好，关键就在这儿……他要求决斗：好极啦！那一切事情：挑战啦，准备啦，讲条件啦，都要尽量做得郑重其事，叫人害怕。这一切都由我来，我将做你的副手，我的可怜的朋友！好极啦！花样要在什么地方呢？手枪里不装子弹。我敢向你们担保，毕巧林一定害怕——我给他们规定六步距离，去他妈的！你们同意吗，诸位？”

“想得太妙啦！我们同意，怎么会不同意呢？”从四面八方传来了叫声。

“那么你呢，格鲁希尼茨基？”

我心情激动地等着格鲁希尼茨基的回答：要不是这个偶然的机会，让我知道了他们的阴谋，我就会成为这些混蛋取笑的对象了。想到这一点，我浑身充满冰冷的仇恨。要是格鲁希尼茨基不答应，我就会冲过去搂住他的脖子。可是，他沉默了一会儿之后，就从座位上站起来，向大尉伸出一只手，并且一本正经地说："好，我同意。"

这一伙体面人那种得意忘形的神气是难以描写的。

我回到家里，心里翻腾着两种不同的感情。一种是悲伤：为什么他们都恨我啊？我心里想，为什么啊？我得罪过谁啦？没有。难道我是属于那种单凭外表就使人厌恶的人吗？同时我感觉到一种恶毒的愤恨在渐渐填满我的心胸。"当心点儿吧，格鲁希尼茨基先生！"我在屋子里走来走去，"这样拿我开玩笑是不行的。为了支持您那些糊涂朋友的傻主意，您得付出巨大的代价。我可不是听您随意摆弄的玩具……"

我通夜没有合眼。到天亮我的脸色黄得像酸橙。

早晨我在井边遇见公爵小姐。

"您不舒服吗？"她仔细对我瞧瞧，说。

"我一夜没睡觉。"

"我也是啊……我责备您啦……也许不应该吧？只要您解释一下，我一切都可以原谅您……"

"一切吗？……"

"一切……就是请您讲实话……就是得快一点……您知道，我反复考虑过，竭力想为您的行为找到解释，为您的行为辩护。也许您害怕我家里人的阻挠……这不要紧。要是他们知道了……（她的声音发抖了）我会说服他们的。也许是您自己的处境……可是您要知道，我可以为我所爱的人牺牲一切……哦，您快回答呀！您可怜可怜我吧！……您没有瞧不起我，是吗？”

她抓住我的手。公爵夫人跟维拉的丈夫走在我们前头，什么也没看见；可是那些正在散步的病人会看见我们的，而他们又是所有好管闲事的人中最好管闲事的诽谤者。我慌忙把手从她热烈的掌握中抽出来。

“我可以把全部实情告诉您，”我回答公爵小姐说，“我对自己的行为不想说明，也不作辩解。我不爱您……”

她的嘴唇微微发白……

“您走吧！”她声音低得几乎听不见地说。

我耸耸肩膀，转身走了。

/ 6月14日 /

我有时瞧不起自己……是不是因此我也瞧不起别人呢？……我已经不可能有高尚的冲动了；我怕自己都会觉得自己可笑。别人要是换上我，恐怕早就会把自己的心和自己的命运[1]双手奉献给公爵小姐了！……但结婚这个词儿对我具有一种恐怖的魔力：不论我怎样热爱一个女人，只要她使我感到我应该跟她结婚——那么，再见吧，爱情！我的心就会变成石头，没有什么东西能使它重新充满热情。一切我都可以牺牲，只有这个例外。我可以一连二十次把自己的生命甚至名誉孤注一掷，可是决不出卖自己的自由。为什么我这样珍重自由啊？我从中能得到什么呢？……我的

1 原文为法语。

志趣在哪里？我对未来有什么指望？……说实话，什么也没有。这是一种天生的恐惧，这是一种无法解释的预感……是有这么一些人，他们莫名其妙地害怕蜘蛛、蟑螂、老鼠……要我坦白说出来吗？……当我还是个孩子的时候，有个老婆子当着我母亲的面给我算命。她说我将来要死于毒妇之手。这话当时使我大吃一惊：我心里对结婚就产生了一种难以克服的反感……同时似乎有样东西在对我说，她的预言将会应验，因此，我至少应该竭力使它尽可能晚一些应验才是。

/ 6月15日 /

昨天，魔术家阿普费尔堡来到此地。饭馆门上出现了一张很长的海报，告诉最可敬的公众，上述这位惊人的魔术家、杂技家、化学家、光学家将在今晚八点整在贵族俱乐部大厅（即饭馆内）隆重演出，票价每张两卢布半。

大家都去观看这位惊人的魔术家的演出；连李果甫斯卡雅公爵夫人也顾不得女儿害病，弄到了一张票子。

今天午饭以后，我走过维拉的窗口，她坐在阳台上，独自一个人；一张条子落到我的脚边：

“今晚九点以后走大楼梯到我这儿来。我丈夫到五峰城去了，要到明天早晨才回来。我的男女仆人都不会在家：我给了他们每人一张票子，连公爵夫人的仆人我也给了。我等你。一定要来。”

“哈！”我心里想，“果然不出所料。”

八点钟我去看魔术。观众近九点钟才到齐；表演开始了。我认出维拉和公爵夫人的男女仆人坐在后排，一个个全都来了。格鲁希尼茨基拿着带柄眼镜坐在第一排。魔术家每当需要手帕、表、戒指等东西时，总是同他打交道。

格鲁希尼茨基已经有好几天不同我打招呼，今天又相当无礼地对我望了两次。有朝一日我们不得不算账的时候，他会想起这一切来的。

近十点钟的时候，我站起身走出来了。

外边一片漆黑。沉重而寒冷的乌云横在周围的山顶上；只偶尔吹来一阵微风，把饭馆四周的杨树梢头吹得沙沙作响。饭馆的窗口挤满了人。我走下山，一转弯进入大门，就加快了脚步。忽然，我觉得有个人跟在我后面。我站住了，向四下里望望。黑暗中什么也看不清楚，但为了谨慎起见，我像是散步似的在房子周围兜了一圈。当我经过公爵小姐窗子的时候，我又听见后面有脚步声，接着就有个紧裹着大衣的人从我旁边跑过。这使我心神不宁。但我还是悄悄地走到台阶那儿，匆匆地跑上黑暗的楼梯。门开了；一只纤小的手抓住我的手……

"没有人看见你吗？"维拉偎依着我，低声说。

"没有！"

"现在你总相信我爱你了吧？……哦，我犹豫了好久，痛苦了好久……这会儿你可以随意摆布我了。"

她的心跳得很厉害，她的双手冰凉。她开始埋怨我，出于嫉妒责备我——她要我向她坦白一切，她说她将毫无怨言地忍受我的变心，因为她唯一的愿望就是我能幸福。这话我不太相信，但我还是用发誓和许诺等来宽她的心。

“那么，你不跟梅丽结婚了吗？你不爱她吗？……可她以为……你知道吗，她爱你爱得快疯啦……可怜的人！……”

……

半夜两点钟光景，我打开窗子，把两条披肩系在一起，顺着柱子从楼上的阳台滑到楼下的阳台。公爵小姐的屋子里还点着灯。有一种力量把我推到她的窗口。窗帘没有完全拉上，我可以把我好奇的目光投进屋子里。梅丽双手交叠在膝盖上，坐在床上；一顶花边睡帽拢住她那浓密的头发；一块鲜红的大围巾盖着她那雪白的双肩；她那双玲珑的小脚藏在色彩斑斓的波斯拖鞋里。她一动不动地坐着，头垂在胸前；面前的小桌上放着一本打开的书，可是她那双充满无限哀愁的凝然不动的眼睛，看来已在同一页上掠过一百遍，而她的思想却跑到很远的地方去了……

这当儿，有人在灌木丛后面微微地动了一下；我从阳台跳到草地上。一只看不见的手一把抓住了我的肩膀。“哈——哈！”一个粗暴的声音说，“落网啦！……你还敢深更半夜的来找公爵小姐她们吗！……”

“把他抓牢点！”另外一个人从角落里蹿出来，嚷道。

这是格鲁希尼茨基和龙骑兵大尉。

我抡起拳头朝龙骑兵大尉头上打去，把他打倒在地上，自己就钻进树丛里。我们房子前面山坡上的花园小径我都很熟悉。

“有贼啦！来人啊！……”他们喊着。一声枪响，冒烟的弹塞几乎落在我的脚上。

一分钟后，我已经来到自己的屋子里，脱掉衣服，躺下了。我的跟班刚把门锁上，格鲁希尼茨基和大尉就来敲我的门。

“毕巧林！您睡啦？您在吗？……”大尉喊道。

“我睡啦！”我怒气冲冲地回答。

“快起来——有贼……契尔克斯人……”

“我伤风了，”我回答，“我怕再着凉。”

他们走了。我原不该答理他们，这样他们准会在花园里再花上个把钟头搜寻我。这时发生了一片惊心动魄的骚乱。一个哥萨克兵从要塞里骑马赶来。周围闹哄哄的；大家在树丛里拼命搜寻契尔克斯人——当然一无所获。不过，确实有不少人深信，要是警备队能勇敢一点、敏捷一点，那么，至少有二十个强盗会被当场逮住。

/ 6月16日 /

今天早晨，人们在井边纷纷谈论契尔克斯人夜袭的事。我喝了规定的几杯矿泉水，在漫长的菩提树小径上来回踱了十来次，遇见了刚从五峰城归来的维拉的丈夫。他挽住我的胳膊，我们就一起到饭馆里去吃早饭；他很为他的妻子担心。“昨天夜里可把她吓坏了！”他说，“这种事偏偏出在我不在家的时候。”我们在一扇通到侧房的门边坐下来吃早饭。那个房间里有十来个年轻人，格鲁希尼茨基也在里面。命运让我有机会再次偷听到那场对他生死攸关的谈话。他没有看见我，因此我不能怀疑他这是故意这样说说的，但这样他的罪孽在我的眼里却显得更重了。

“难道真的是什么契尔克斯人吗？”有人问，“有谁亲眼看见他们吗？”

“让我把全部真相讲给你们听吧，”格鲁希尼茨基回答，“只是请你们不要说出去。事情是这样的：昨天有一个人（他的名字我不便告诉你们）来找我，他说他在晚上九点多钟看见有人溜进李果甫斯基家的房子里。你们要知道，当时公爵夫人在这儿，公爵小姐却在家里。这样我就同他一起到窗口去守候那位幸运儿了。”

说实话，我很害怕，虽然维拉的丈夫正在津津有味地吃他的早饭。因为，万一格鲁希尼茨基识破真相，维拉的丈夫就会听到相当不愉快的事。可是，格鲁希尼茨基吃醋吃昏了头，他根本没怀疑到我跟维拉的关系。

“就这样我们出发了，”格鲁希尼茨基继续说，“随身带了一支装上空子弹的枪，只是想吓唬吓唬他。我们在花园里等到两点钟；他终于不知道从哪儿出现了，但肯定不是从窗子里出来的，因为窗子没有开过。他准是从柱子后面的玻璃门里出来的——最后，听我说，我们看见有个人从阳台上下来……这算什么公爵小姐啊？呃？哦，说实话，莫斯科小姐就是这样的！今后还有什么事情可以相信的呢？我们想把那家伙逮住，可是被他挣脱了，他像一只兔子似的窜进树丛里跑了。当时我就对他开了一枪。”

格鲁希尼茨基周围传出一片不相信的咕哝声。

“你们不信吗？”他继续说，“我可以拿人格担保，这一切全是实话。我也可以说出这位先生的名字来证明。”

“说出来，说出来，他是谁？”四面八方响起了这样的呼声。

“毕巧林。”格鲁希尼茨基回答。

这当儿，他抬起眼睛——我在门口面对他站着；他的脸涨得通红。我走到他跟前，缓慢而清楚地说：

“我很抱歉，我进来得晚了一点，您已经对最恶劣的诽谤拿人格做了担保。我要是在场的话，您也许不会做出这种不必要的卑鄙行为来。”

格鲁希尼茨基从座位上跳起来，想发脾气。

“我请求您，”我用同样的音调继续说，“我请求您立刻收回您的话。您很明白这是凭空捏造。我不认为一个女人对您光辉的人品表示冷淡，就该受到这样可怕的报复。请您好好想一想：您要是坚持您的意见，您就会丧失被称为上等人的权利，还得冒生命的危险。”

格鲁希尼茨基垂下眼睛站在我面前，情绪十分激动。但良心同自尊心的斗争是短暂的。坐在他旁边的龙骑兵大尉用臂肘触触他，他身子抖了一下，也不抬起眼睛，就很快地回答我说：

“先生！我心里怎么想，嘴里就怎么说，而且可以再说一遍……我不怕您的威胁，准备领教您的一切吩咐……”

“后面一点您已经做了证明。”我冷冷地回答他，接着挽住龙骑兵大尉的胳膊，走出那屋子。

“您要干什么啊？”大尉问。

“您是格鲁希尼茨基的朋友，您大概愿意做他的副手吧？”

大尉郑重其事地行了个礼。

“您猜对了，”他回答道，“我甚至于有义务做他的副手，因为对他的侮辱跟我也有关系。昨天夜里是我跟他在一起。”他挺直背有点驼的身子，补充说。

“哦！原来被我不客气地在脑袋上揍了一拳的就是您啊！……”

他脸上一阵黄一阵青，藏在心里的怒火都露了出来。

“我很荣幸，今天就派我的副手来见阁下。”我补充说，彬彬有礼地向他鞠躬告别，并且装作没见他正在狂怒。

我在饭馆台阶上遇见维拉的丈夫。看样子，他正在等我。

他情绪激动地抓住我的手。

“高尚的年轻人！”他含着眼泪说，“我全都听见了。那个下流胚！忘恩负义的东西！……以后还有哪个上等人家会接待那种人呢！谢天谢地，我没有女儿！但您为那个女人冒了生命危险，她准会报答您的。这会儿您可以相信我的愚见，”他继续说，“我自己也有过年轻的时候，也在军队里服务过；我知道这类事是不该干预的。再见。”

可怜虫！他还在庆幸自己没有女儿呢……

我直接去找魏纳。他正好在家，我就把所有的事全讲给他听：我跟维拉和公爵小姐的关系，我偷听到的谈话，从这场谈话中我知道那些先生想作弄我，想叫我们用空枪射击。可是，现在事情超出了玩笑的范围，他们恐怕也没料到会有这样的收场吧。

医生同意做我的副手。我给他规定了一些决斗的条件；他应该坚持尽可能把这事做得秘密些，因为我虽然随时准备冒生命的危险，却绝对不愿意活着毁灭自己的前途。

然后我回到家里。过了一小时，医生就“探险”归来。

“确实有个谋害您的阴谋。”他说，“我在格鲁希尼茨基家里见到龙骑兵大尉和另外一位先生——他的名字我记不起来了。我在穿堂里脱套鞋，因此待了一会儿。他们在屋子里吵得很厉害……只听见格鲁希尼茨基说：‘说什么我也不同意！他当众侮辱了我——你说的那是另外一回事……’大尉回答道：‘干你什么事？一切全由我担当。我在决斗中给人家当过五次副手，我知道该怎么安排。我全想好了。就是请你别打扰我。吓唬他一下也不坏啊！要是可以避免的话，何必自己去冒险呢？……’这时候我走了进去。他们忽然住口了。我们的谈判继续了相当长的时间。最后做了这样的决定：离开这儿十里有个荒凉的峡谷，他们明天凌晨四点钟到那儿，我们比他们晚半小时去，开枪距离规定六步——这是格鲁希尼茨基自己要求的。打死了人，就算在契尔克斯人账上。现在我有这样的怀疑：他们，就是那两个副手，恐怕改变了一些原定计划，打算光在格鲁希尼茨基用的那支手枪里装上子弹。这有点儿像谋杀，不过，在战争时期，特别是在亚细亚人打仗的时候，使用阴谋诡计是可以的。只有格鲁希尼茨基似乎比他那些伙伴要高尚一些。您看怎么样？要不要让他们知道我们已经识破了他们的诡计？”

“千万不要，医生！您放心好了，我不会听任他们摆布的。”

“那您打算怎么办？”

“这是我的秘密。”

“小心别落入他们的圈套……可是只有六步啊！”

“医生，我明天四点钟等您；马我会预备的……再见。”

我关起房门，在家里一直坐到黄昏。仆人来请我到公爵夫人家里去，我吩咐他转告说我病了。

……

夜里两点钟。我睡不着觉。可是得睡一觉，这样明天手才不会发抖。不过，六步是不大可能打不中的。啊！格鲁希尼茨基先生！您的骗局是不会成功的……我们将交换角色：如今可轮到我在您那苍白的脸上找寻内心恐惧的表情了。您为什么要规定这性命攸关的六步呢？您以为我会乖乖地把我的脑门给您当靶子吗？……我们可是要抽签的！……到那时……到那时啊……要是他走运怎么办？要是我的福星突然背弃了我呢？……这也不足为奇，福星已经忠贞地保佑我这个怪物那么久了，天上的东西本来就不见得比人间的东西更加可靠。

那有什么呢？死就死吧！对于世界又不是什么大损失，况且我自己也过得腻烦透了。我好像一个在舞会上打呵欠的人，不回去睡觉，只因为他的马车还没有来接他。如今马车来了……再见！

我在脑海中追溯我的全部经历，我不禁问自己：我活着为了什么？我生下来有什么目的？……目的一定是有的，我一定负有崇高的使命，因为我感觉到我的灵魂里充满无限力量。可是我猜不透这使命是什么，我迷恋于空虚而无聊的情欲；饱经情欲的磨炼，我变得像铁一样又硬又冷，可是我永远丧失了高尚志向的火焰，丧失了这种人生最美的花朵。而且从那时起，我扮演过多少次命运之斧的角色！就像刑具似的，我往往无冤无仇而且毫不怜悯地落在劫数难逃的牺牲者的脑袋上……我的爱情没有给谁带来过幸福，因为我从来没有为我所爱的人牺牲过什么。我爱人是为了自己，为了自己的快乐。我贪婪地吞噬她们的感情、她们的温柔、她们的欢乐和痛苦，只是为了满足我内心的古怪欲望，而且永远不知餍足。这好像一个饿得昏昏沉沉的人，在睡梦中看见面前摆满山珍海味和佳酿美酒，他欣喜欲狂地吞咽着想象中的、虚无的珍馐，他似乎觉得好过了一些……可是一旦醒来，幻象消失了……剩下的是加倍的饥饿和绝望！

但也许我明天就会死去！……人世间就没有一个完全了解我的人。有些人会把我看得比实际坏些，有些人会把我看得比实际好些……有些人会说："他是个好人！"有些人会说："他是个混蛋！"……两种说法都是不正确的。从此以后还值得苦苦活下去吗？可是你一直活着——只是出于好奇心罢了；你一直在期待什么新鲜的事物……真是又可笑又可恨！

我来到N要塞已经有一个半月。马克西姆·马克西梅奇此刻打猎去了。我独自坐在窗口；灰云遮住了群山，直到山麓；透过雾霭望去，太阳好像一个黄色的斑点。天很冷，风呼啸着，摇撼着板窗……无聊。我就动手继续写我的日记，这日记由于那么多奇怪的事件中断好久了。

重读最后一页日记：真可笑！我当时想死，可是没有死成，我还没喝干生命的苦酒，看来我还得活好久呢。

往事历历地深铭在我的记忆里！时间没有抹掉一条线，也没有擦去一种颜色。

我记得在那次决斗的前夜，我一分钟也没有合过眼。我当时不能写得很久，因为我心里无法平静。我在屋子里来回踱了个把钟头；然后坐下来，打开桌上那本华尔特·司各特[1]的长篇小说——《苏格兰的清教徒》。开头我看得很费劲，后来却被离奇的情节迷住了。司各特的作品给人们美妙的享受，我们能不感激这位在阴间的苏格兰诗人吗？……

天终于亮了。我的神经安宁了。我照照镜子：我那张残留着痛苦的失眠痕迹的脸上蒙着一层灰白色，而我的眼睛，虽然周围出现了黑圈，却闪耀着骄傲和刚毅的光芒。我依旧在自我欣赏。

我吩咐仆人备马，接着就穿上衣服，直奔浴场。浸在冒泡的纳尔桑冷泉里，我感到体力和精神都恢复了。我从浴室里出来，觉得神清气爽，就像准备去赴舞会一般。这以后我可不再相信精神不依赖身体的说法了！……

我回到家里，发现医生在等我。他穿着灰色马裤和短上衣，头戴契尔克斯帽。我看到这小个儿戴着这么大的毛茸茸的帽子，便哈哈大笑起来；他的脸一点儿也不威武，这回显得比平时更长了。

"您为什么这样忧郁啊，医生？"我对他说，"您若无其事地把人家送往那个世界，不是也有成百次了吗？您就把我当作害黄疸病的人得了！我可能痊愈，也可能死去，两者都是合乎情理的。您竭力把我当作一个还没有得到确诊的病人吧！这样您的好奇心就会极度发展，您现在可以对我做一些重要的生理观察……等待横死不也是一种真正的毛病吗？"

1　华尔特·司各特（1771—1832），英国小说家、诗人。

我这种想法使医生大为吃惊,他变得高兴起来了。

我们跨上马,魏纳两手抓住缰绳,我们出发了。一转眼我们就驰过要塞,穿过林子,进入峡谷。峡谷里蜿蜒着一条大路,路上荒草萋萋,还不时被汩汩的溪流所截断,遇到那种地方就得涉水而过。这使医生感到很苦恼,因为他的马见了水就站住不肯走了。

我不记得有比那天更蔚蓝更清新的黎明了!太阳刚从苍苍的山巅后面露出来,它那最初几道光芒的温暖跟即将消逝的黑夜的清凉交流在一起,使人感到一种甜美的倦意。欢乐的曙光还没有照射到峡谷里,但它已经把我们头上两边峭壁的顶端染上黄澄澄的颜色;长在岩壁深罅里的叶子稠密的灌木,只要一阵微风吹过,就把一阵银雨洒在我们身上。我记得,这一次我比以前任何时候都更爱大自然。我是多么好奇地观赏着那在宽阔的葡萄叶上抖动并且反映出千万道彩虹的每一滴露珠啊!我的视线多么贪婪地想刺透那烟雾迷蒙的远方啊!那边,路越来越窄,峭壁越来越青,越来越险,终于连成了一道不可逾越的高墙。我们默默地骑马走着。

"您写了遗嘱没有?"魏纳忽然问。

"没有。"

"万一您被打死了怎么办?……"

"继承人自己会出头的。"

"难道您就没有一个需要跟他诀别的朋友吗?……"

我摇摇头。

"难道世界上没有一个女人您想给她留下些什么做纪念吗?……"

“医生，”我回答他说，“要我推心置腹地跟您谈一下吗？……您知道，那种临死时叨念情人的名字，还要把一绺擦过香油或者没擦过香油的头发遗赠给朋友的年纪，在我是已经过去了。一想到可能就要死去，我脑子里所考虑的无非是我自己一个人；但有些人连这样考虑考虑都办不到呢。朋友们明天就会把我忘记，或者更坏些，他们还会对我编造种种天晓得的谣言；女人们呢，她们一边搂着别人，一边嘲笑我，免得对方吃死人的醋——所有这些人，愿上帝保佑他们吧！我通过生活的风暴只得出一些概念，感情可一丝也没有。我早就不是凭心灵而是靠头脑过日子了。我衡量、检查自己的感情和行为，纯粹出于好奇心，却没有一点同情心。我身上存在着两个人：一个的的确确活着，另一个却在思量他、评论他；第一个我再过一小时也许就要跟您和世界永别了，第二个我呢……第二个我呢……您瞧，医生，您没看见峭壁上有三个黑魆魆的人影吗？这该就是我们的对手吧？……”

我们急急地驰去。

在峭壁脚下的树丛里系着三匹马；我们把我们的马也系在那儿，就顺着狭隘的小径走到那块小空地上。格鲁希尼茨基跟龙骑兵大尉和另一个副手已经在那里等着我们。另一个副手名叫伊凡，父称是伊格纳基耶维奇，但我从来没听说过他姓什么。

“我们恭候多时了。”龙骑兵大尉含着讥笑说。

我掏出表来给他看。

他道歉说他的表快了。

尴尬的沉默持续了几分钟；医生终于打破沉默，对格鲁希尼茨基说：

“我觉得双方都已表现了决斗的决心，并且因此保全了各人的名誉，先生们，你们尽可以互相解释一番，把这件事客客气气了结算啦。”

“我同意。”我说。

大尉向格鲁希尼茨基挤挤眼，格鲁希尼茨基就以为我胆怯了，摆出一副盛气凌人的样子，虽然刚才他的脸上还蒙着一层死人的灰色。自从我们到达以后，他这还是头一次向我抬起眼睛来；但他的眼神里含有一种反映出内心斗争的不安表情。

“请您说明您的条件，”他说，“凡是我能为您办到的事，您可以相信……”

“我的条件是这样的：您今天就得当众承认您的话是诽谤，并且向我道歉……”

“亲爱的先生，我感到很惊奇，您怎么敢向我提出这样的条件？……”

“不提这个，叫我向您提什么呢？……”

“我们来决斗吧……”

我耸耸肩膀。

“好吧，但您得想一想：我们中间总有一个人要送命的。”

“我希望这是您……”

“可我相信正好相反……”

他窘了，脸涨得通红，然后极不自然地哈哈大笑起来。

大尉挽住他的胳膊，把他拉到旁边。他们低语了好一阵。我来的时候心平气和,可是他们这一切行动使我恼火了。

医生走到我跟前。

“听我讲,”他显然十分焦急,对我说,“您是不是忘了他们的阴谋啦? ……我不会装手枪,可是眼前……您真是个怪人! 告诉他们,您知道他们的意图,他们就不敢……您这是何苦呢! 他们会像打一只鸟儿似的把您打下来……”

“您放心好了,医生,稍微等一下……我会把一切都安排好的,决不让他们那一边占到一点儿便宜。让他们去咬耳朵好了……”

“诸位,这可有点无聊了!”我对他们大声说,“决斗就得像决斗,昨天你们尽有时间谈个够的……”

“我们准备好了,”大尉回答说,“大家站好吧,诸位! ……医生,请您量一量六步距离……”

“请站好!”伊凡·伊格纳基耶维奇又尖声尖气地说了一遍。

“对不起!”我说,“还有一个条件:既然我们是生死决斗,那就应该尽可能把这件事做得秘密一点,使我们的副手不用承担什么责任。你们同意吗? ……”

“完全同意。”

“那么,我有这样一个想法:你们看见这陡峭的悬崖顶端的右边有一小块狭长的空地吗? 从上到下至少有六十米深,下面都是锋利的岩石。我们每人都得站在空地的边上,这样就是受点轻伤也会致命的。这该正好符合您的愿望,因为您自己规定六步距离。谁一受伤,摔下去准会粉身碎骨;子弹让医生取出来,这样就很容易说明是失足摔死的。让我们来抽签决定谁先开枪吧……总之,我向您声明,不这样我就不决斗。”

“就这样吧!”大尉向格鲁希尼茨基递了个眼色说,格鲁希尼茨基点点头表示同意。他的脸色不断地在起变化。我把他逼到了十分尴尬的境地。在一般情况下开枪,他可以瞄准我的一条腿,使我受点轻伤,这样他就可以满足报复的愿望而不致使良心太过不去。但是现在他得朝天开枪,或者成为杀人凶手,或者最后被迫放弃自己卑鄙的阴谋,遭到同我一样的危险。这时候我真不愿处在他的地位。他把大尉拉到一旁,情绪激动地对他说了些什么。我看见他那发青的嘴唇在抖动,但大尉带着轻蔑的微笑转过身不理他。“你这傻瓜,”他相当大声地对格鲁希尼茨基说,“什么也不懂! 我们走吧,诸位!”

狭隘的小径蜿蜒在树丛中间,直通到峭壁那儿;岩石的碎块构成这座天然楼梯不稳的阶级。我们开始抓着灌木攀登。格鲁希尼茨基走在前面,他的两个副手跟着他,再后面是我和医生。

“我觉得您这人很奇怪。”医生紧紧地握了握我的手说,“让我来摸摸您的脉搏! ……哦! 跳得很快……可是您脸上一点也看不出来……只是您的眼睛比平时更亮了。”

忽然有许多石子哗啦啦地滚到我们的脚边。这是怎么一回事? 格鲁希尼茨基摔了一跤,他抓住的树枝断了。要不是那两个副手把他扶住,他准会仰天滑下去呢。

“当心啊!”我对他嚷道,“不到时候先别倒下来啊! 这可是个不祥的预兆。您想想朱利斯·恺撒[1]的遭遇吧!”

---

1 朱利斯·恺撒(前100—前44),古罗马统帅、政治家和作家。传说他忽视不祥预兆,终遭暗杀。

我们终于登上了那块突出的岩石的顶上。那片小空地上铺着一层细砂,像是专门为决斗而准备的。

周围尽是连绵起伏的峰峦,好像一大群牲口,沉浸在黄澄澄的晓雾里;南方矗立着白雪皑皑的厄尔布鲁士山,把一排冰封的山峰连接起来,从东方飘来的缕缕白云正徜徉在这些山峰之间。我走到空地的边上往下一望,我的头有点发晕:下面又黑又冷,像棺材里一样;被风雨和时间扔下的岩石,带着生满青苔的利齿,仿佛在等待着猎物。

我们要进行决斗的空地几乎呈正三角形。我们从突出的角上量出六步距离,并且讲定谁先挨打就得背对深渊站在那个角上;要是他没有被打死,双方就互换位置。

我决定把一切有利条件让给格鲁希尼茨基;我要试试他;宽宏大量的火花也许会在他的心里燃亮,这样就万事大吉了;可是自尊心和性格上的弱点终究占了上风!……要是命运能饶过我的话,我一定要充分享受权利,绝不把他放过:谁没有跟自己的良心订过这样的条约啊?

"您来主持抽签吧,医生。"大尉说。

医生从口袋里掏出一枚银币,把它举得高高的。

"字!"格鲁希尼茨基慌忙喊道,仿佛一个人突然被朋友弄醒了。

"鹰!"我说。

银币飞上去,又当的一声落在地上;大家都冲过去。

"您走运了,"我对格鲁希尼茨基说,"您先开枪!可是请您记住,您要是打不死我,那我是不会打不中的!我敢向您担保。"

他脸红了,他不好意思杀死一个手无寸铁的人。我眼睛盯着他,一瞬间我仿佛觉得他会扑倒在我的脚下,请求我的宽恕,但是,搞了这样卑鄙的阴谋,怎么能自己坦白呢?……他只有一个办法——朝天开枪;我相信他准会朝天开枪的!只有一种情况可能阻止他这样做,那就是想到我会要求第二次决斗。

"是时候了!"医生拉拉我的袖子,低声对我说,"您要是现在不说我们知道他们的阴谋,那就什么都完了……您瞧,他已经在装子弹了……您要是什么也不说,那么我可要……"

"千万不要那样做,医生!"我拉住他的胳膊回答,"您会把事情全弄糟的!您答应过我不干涉……这干您什么事呢?也许是我自己愿意送命……"

他惊奇地对我望望。

"哦!那又当别论啦!……只是到了阴间可别怨我啊!"

这当儿,大尉把他的两支手枪装上子弹,一支递给格鲁希尼茨基,还笑嘻嘻地对他低声说了句什么,另一支交给我。

我站到空地的角上,左脚使劲抵住一块石头,身子稍微往前冲,以便万一受点轻伤不致往后倒下去。

格鲁希尼茨基站在我对面,并且按照规定的信号举起枪来。他的膝盖直打哆嗦。他瞄准我的脑门。

一种难以形容的狂怒在我心中沸腾起来。

忽然他放下手枪,脸色白得像块白布,向他的副手转过身去。

"我不行。"他哑着嗓子说。

"胆小鬼!"大尉回答。

枪声响了，子弹在我的膝盖上擦过。我不由自主地往前颠了几步，赶快离开峭壁的边缘。

“唉，格鲁希尼茨基老弟，你没打中，真可惜！”大尉说，“现在轮到你了，去站好吧！先来同我拥抱一下，我们再也见不着了！”他们拥抱了一下；大尉好容易才忍住笑。“别害怕，”他狡猾地向格鲁希尼茨基递了个眼色，补充说，“人间万事一场空！……大自然是个糊涂蛋，命运像只蠢火鸡，生命只值一个铜板！”

他郑重其事地念完这句悲剧的台词之后，回到原来的位置。伊凡·伊格纳基耶维奇含着眼泪也拥抱了一下格鲁希尼茨基。于是就剩下格鲁希尼茨基独自一个人面对我站着了。我至今还竭力向自己解释，当时在我胸膛里沸腾的是一种什么感情：又是自尊心受到伤害的恼恨，又是轻蔑，又是愤怒。愤怒是由于想到，这个人现在那么镇定、那么傲慢地瞧着我，两分钟之前还想把我像条狗似的打死，自己却不冒任何危险；因为腿上的伤只要稍微厉害一点，我就会从悬崖上摔下去的。

我目不转睛地朝他脸上瞧了几分钟，竭力想看出一点儿悔恨的神色。可是我觉得他是在忍住笑。

“我劝您在临死之前向上帝祷告一番。”我当时对他说。

“您不必为我的灵魂比为您自己的灵魂更操心。我对您只有一个请求：赶快开枪。”

“您还不承认您的话是诽谤吗？不请求我的宽恕吗？……您好好想一想：您的良心没对您说过什么话吗？”

“毕巧林先生！”龙骑兵大尉喊道，“对不起，我想提醒您一下，您到这儿来可不是为了布道啊……让我们赶快把这件事情了结掉吧。说不定有什么人从峡谷那里经过，会看见我们的。”

“好的。医生，请您到我跟前来。”

医生走了过来。可怜的医生！他的脸色比十分钟以前格鲁希尼茨基的还要苍白。

下面几句话我故意说得抑扬顿挫，又响亮又清楚，就像宣读死刑判决书一样：

“医生，这几位先生大概太匆忙，忘记在我这支手枪里装上子弹了：我请您重新装一装，而且要认认真真的！”

“不会的！”大尉嚷道，“不会的！我两支都装上了——除非您那一支里的子弹掉了……这不是我的过错！可是您没有权利重新装上……绝对没有权利……这是完全违反规则的，我不答应……”

“好的，”我对大尉说，“既然这样，那我跟您也以同样的条件来决斗一下吧……”

他犹豫不决起来。

格鲁希尼茨基把头垂在胸前站着，神态窘急而阴郁。

“随他们去吧！”他终于对大尉说，大尉正想从医生手里夺下我那支手枪，“你自己也知道，他们说得有道理。”

大尉陡然向他做着各种暗号——格鲁希尼茨基连看都不想看。

这时候，医生已经装好手枪交给我了。

大尉看见这情形，吐了口唾沫，跺跺脚说：“你真是个傻瓜，老弟，没有脑子的傻瓜！……你既然信任我，那就什么都得听从我……你这是活该！像一只苍蝇似的自己找死……”他转过身，一边走开去，一边嘴里嘀咕道："这毕竟是完全违反规则的。"

"格鲁希尼茨基，"我说，"现在还来得及。承认你的话是诽谤，我一切都可以原谅你。你想作弄我没成功，我的自尊心也得到满足了。还有，别忘了我们原来是朋友啊！"

他的脸涨得通红，眼睛发亮。

"开枪吧！"他回答说，"我瞧不起我自己，我也恨您。您要是不把我打死，我会夜里从暗地里出来把您宰了的。这世界没有我们两人并存的地方……"

我开了枪。

等到硝烟散去，空地上已经不见了格鲁希尼茨基。只有烟尘缭绕在悬崖边上，好像一根轻盈的柱子。

大家都齐声叫起来。

"一场喜剧结束啦！"[1]我用意大利语对医生说。

他没有回答，却恐惧地转过身去。

我耸耸肩膀，向格鲁希尼茨基的两位副手鞠了一躬。

当我顺着小径下来时，我在岩石的裂罅中看见格鲁希尼茨基血肉模糊的尸体。我不由得闭上了眼睛。

我解下马，骑着它一步步走回家去。我的心里有一块石头。我似乎觉得太阳很暗淡，它的光芒也并不使我感到温暖。

不等到达村庄，我就顺着峡谷向右拐了个弯。我怕见到人，我情愿孤独。我丢下缰绳，把头垂在胸前，骑马走了好一阵，终于来到

1　原文为意大利语。

一个完全陌生的地方。我掉转马头，开始找路。当我精疲力竭地骑着筋疲力尽的马走近基斯洛伏德斯克的时候，太阳已经落山了。

仆人告诉我魏纳来过，还交给我两封短信：一封是他写的，另一封是……维拉写的。

我拆开头一封，信的内容如下：

“一切都安排得妥妥帖帖：尸体已运来，面目全非，子弹已从胸部取出。大家都相信他死于意外，只有司令（他大概知道你们的争吵）摇摇头，但什么也没有说。没有任何对您不利的证据，因此您可以安心睡觉，如果能够的话。再见。”

我犹豫了好久，不敢拆开第二封信……她能给我写些什么呢？……一种沉重的预感搅乱了我的心。

下面就是那封信，信里的每一个字都无法磨灭地深深铭刻在我的心里：

“我写信给你，深信我们再也不会见面了。几年以前跟你分手的时候，我心里也这样想的；可是老天爷要再次考验我，而我没经受住这场考验，我这颗脆弱的心又屈服于熟悉的声音了……你该不会因此瞧不起我，是不是？这封信是诀别辞，也是自白书。我应该把我自从爱你以来累积在心里的一切全告诉你。我不打算埋怨你，因为你对我所做的，换了别的男人也会这样做：你爱我，把我当作私有的东西，把我当作快乐、焦虑和悲哀的源泉——这些感情互相交替，没有它们，生活就会变得单调乏味。这一层我一开头就懂得了……但你是个不幸的人，我牺牲自己，原希望有朝一日你会赏识我的牺牲，有朝一日你能了解我那没有任何条件的深情挚意。

从那时起，过去了许多年月，我摸透了你内心的一切秘密……我才相信我的希望只是梦幻和泡影罢了。我那时真是好痛苦啊！然而，我的爱情跟我的灵魂已经结合在一起，它虽然变得暗淡一些，但决不会熄灭。

“我们就要永别了，但你可以相信，我永远不会再爱别人。我的灵魂在你身上耗尽了一切宝贵的东西，耗尽了眼泪和希望。爱过你的女人，看到别的男人不能不带些轻蔑，这倒并不是因为你比他们好，哦，不是的！但在你的天性中存在着一种你所独有的特殊的东西，一种骄傲而神秘的东西；不论你说什么，你的声音总具有一种不可征服的力量；没有一个人能像你那样经常希望被人所爱；没有一个人身上的罪恶像你身上的那样具有魅力；没有一个人的眼神能像你的眼神那样许给人许多幸福；没有一个人能像你那样善于利用自己的优越条件；而且，也没有一个人能像你那样真正遭受不幸，因为没有一个人像你那样竭力使自己绝望。

“现在我应该向你解释我匆促离开这儿的原因。这在你看来是无关紧要的，因为这只关系到我一个人。

“今天早晨我丈夫到我的屋子里来，把你跟格鲁希尼茨基的吵架讲给我听。显然，我的脸色变得很厉害，因为他牢牢地盯住我的眼睛好半天。我一想到你今天就要决斗，而我就是引起决斗的原因，我差点儿昏倒。我觉得我要疯了……但是现在，当我能够思考的时候，我相信你一定活着：你怎么能丢下我一个人死去呢？这是不可能的！我丈夫当时在屋子里踱了好一阵。我不知道他对我说了些什么，我不记得我怎样回答他……我大概告诉了他我爱你……我只记得在我们谈话结束的时候，他用一个可怕的词儿侮辱我，接着就走了出去。我听见他吩咐套车……哦，我坐在窗口等你回来，已经有三个钟头了……不过你一定活着，你不会死的！……马车快套好了……别了，别了……我完啦！但那有什么关系？……只要我能相信你会永远记住我——且不说爱我——哦，只要永远记住我就好了……别了！有人来了……我得把信藏起来……

“你不爱梅丽，是不是？你不会跟她结婚吧？听我说，你应该为我做这样的牺牲：我为你丧失了人间的一切……”

我像发疯似的冲到台阶上，纵身跳上我那匹正在院子里蹓着的“契尔克斯人”，就沿着去五峰城的大道飞驰。我无情地鞭策着已经累坏了的马，这马浑身冒着汗泡，不住地喘气，驮着我顺石子路飞奔。

太阳已经隐没到西边山岭上的一片乌云后面；峡谷里变得又阴暗又潮湿。波德库莫克河在岩石间奔流，发出重浊而单调的吼声。我纵马飞驰，急得上气不接下气。也许在五峰城已经找不着她了——这念头像锤子似的敲着我的心！只要一分钟，只要再能看见她一分钟，跟她告别，握握她的手就好了……我祈祷，我诅咒，我痛哭，我狂笑……不，什么也不能表达我的不安和绝望！……我可能永远失去维拉，可她对我来说比天下什么东西都宝贵，比生命、比荣誉、比幸福都宝贵。天知道我的头脑里产生了多么古怪、多么痴狂的想法啊……这期间我一直无情地赶着马飞驰。我终于发现我的马喘得越来越厉害了，它在平地上已经颠踬了两次……

离哥萨克村庄叶森杜克还有十里，我要到那边才能换马。

要是我的马能再坚持十分钟，一切就都得救了！可是，在离开山地，从一道小山沟跳出来急转弯的时候，它忽然扑通一下倒在地上。我连忙跳下来，拉住缰绳想把它拉起来，可是白费劲。从它咬紧的牙关里发出了隐约可闻的呻吟声。过了几分钟它就断气了。我丧失了最后的希望，独个儿留在荒野里。我试着步行，可是我的两腿发软。我被白天的忙乱和夜里的失眠弄得精疲力竭，就倒在湿漉漉的草地上，像小孩一般哭了起来。

我一动不动地躺了好一阵，伤心地哭着，也不想忍住眼泪和哭声。我觉得我的胸膛要炸开来了。我的坚强，我的冷静，都像烟一样消失得无影无踪了。我的心灵虚弱无力，我的理智默默无言，要是有谁在这当儿看见我，准会鄙夷不屑地掉头而去的。

当夜露和山风使我火热的头脑清醒、思想恢复正常时，我才明白，去追求幻灭了的幸福是徒劳无功的。我还需要什么呢？看一看她吗？何必呢？我跟她之间不是什么都完了吗？一次痛苦的吻别并不会使我以后的回忆增添什么东西，却只会使我们更加难舍难分。

不过，我倒高兴我能痛哭一场！虽然，引起哭的原因也许是纷扰不宁的神经、通夜的失眠、两分钟的面对枪口和空空的肚子。

否极泰来！这种新的痛苦，借用一句军事术语，在我的身上起了一次声东击西的有利作用。痛痛快快地哭了一场。再说，我要不是又骑了一次马，回来再被迫步行了三十里地，那天夜里我恐怕又不能合眼了。

我在早晨五点钟回到基斯洛伏德斯克，和衣倒在床上，就像拿破仑在滑铁卢[1]战役结束之后那样睡了一大觉。

当我醒来的时候，天色已经黑了。我坐到打开的窗子旁边，解开上衣，让山风吹吹我那在疲劳的沉睡之后还没有宁静的心胸。在河对岸的远方，透过河岸上浓密的菩提树的梢头，闪烁着要塞和村庄里的点点灯火。我们的院子里鸦雀无声，公爵夫人的屋子里一片漆黑。

医生来了。他皱着眉头，并且一反常例，不跟我握手。

“您从哪儿来，医生？”

“从李果甫斯卡雅公爵夫人家来。她的女儿病了——神经衰弱！问题倒不在这儿。问题是当局猜想到这事的真相，虽然还没有弄到什么正式的证据，可是我劝您得留点儿神。公爵夫人今天对我说，她知道您是为了她的女儿而决斗的。这都是那个小老头儿——他叫什么名字？——是他讲给她听的。他亲眼看见您那天跟格鲁希尼茨基在饭馆里发生冲突。我特地来警告您。别了，也许我们再也见不着了，他们会把您放逐到什么地方去的。”

他在门口站住了，很想跟我握握手……当时只要我向他稍稍表示一下有这样的愿望，他就会冲过来搂住我的脖子；可是我依旧冷得像块石头，他就走了。

哦，这就是人！人都是这样的：他们事先知道一个行动的恶劣方面，但看到没有别的出路，就帮助、劝告，甚至鼓励人家去干，

1　滑铁卢，比利时的一个村庄，1815年6月18日拿破仑在这个村庄附近被联军彻底击败。

后来却自己洗干净双手，愤愤地抛下那个敢于担当全部责任的人。人都是这样的，就连最善良最聪明的人也不例外！……

第二天早晨，接到上级调我到N要塞的命令，我就到公爵夫人家里去辞行。

她问我有没有什么特别重要的事要对她讲，我拿预祝她幸福之类的话来回答她。她听了大为惊奇。

“我可有些话要跟您认认真真谈一下呢。”

我默默地坐下。

显然，她不知道从何说起；她的脸涨得通红，她那丰满的手指敲着桌子。她终于断断续续地说：

“听我说，毕巧林先生！我想您是位高尚的人。”

我鞠了个躬。

“这一点我可以完全相信，”她继续说，“虽然您的行为有些古怪。不过，您也许有些我所不知道的原因，现在您应该对我讲讲。您保护我的女儿不受人家的诽谤，您为她而决斗，因此冒了生命的危险……您不用声辩，我知道这件事您是不会承认的，因为格鲁希尼茨基被打死了（她画了个十字）。愿上帝饶恕他，我也希望上帝饶恕您！……至于我呢，我可不敢责备您，因为我的女儿虽然无辜，却是造成这件事的原因。她已经把全部经过告诉我了……我想是全部了，您向她表白了爱情……她向您承认了她的爱情！（说到这儿，公爵夫人长叹了一声。）可是她病了，我相信这不是普通的病！内心的悲伤在折磨她，可是她不承认，而我相信您是她致病的原因……听我说，您也许以为我在追求功名财富——您别那样想吧！我只希望我女儿幸福。您现在的地位并不足道，但这是可以补救的——您有产业，我的女儿爱您，她受过教育，可以使丈夫过得幸福。我有钱，我只有一个女儿……您说，是什么拦着您啦？……您瞧，这一切我本来不该对您说，可是我相信您的良心，相信您的人格。您别忘了，我只有一个女儿……只有一个……”

她哭起来。

“公爵夫人！”我说，“我没有办法回答您的问题；请允许我跟您的女儿谈一谈，单独谈一谈……”

“绝对不行！”她情绪十分激动地从椅子上站起来，嚷道。

“那就随您的便吧。”我一边回答，一边准备走。

她考虑了一下，做了个手势叫我等着，自己出去了。

过了五分钟。我的心跳得很厉害，可是我的思想很镇定，头脑也很冷静。不管我怎样努力在心中搜索对这位可爱的梅丽的丝毫爱情，我的努力总是白费。

这当儿，门开了，她走了进来。天哪！自从我上次见了她之后，她的模样变得多厉害啊！可是，这只有多久呢？

她走到屋子当中，身子摇晃了一下。我连忙奔过去，把手伸给她，扶她到一把软椅上坐下。

我面对她站着，我们沉默了好久。她那双充满无限哀愁的大眼睛，似乎在我的眼睛里寻求希望之类的东西；她那没有血色的嘴唇仿佛要笑又笑不出来；她那双娇嫩的小手交叠在膝盖上，显得那样瘦骨嶙峋，不禁使我对她起了怜悯之情。

“公爵小姐，”我说，“您知道我嘲弄了您！……您应该瞧不起我。”

她的面颊上现出了病态的红晕。

我继续说:“因此您不可能爱我……”

她转过脸去,两肘搁在桌上,一只手遮住眼睛,我仿佛看见她的眼睛里闪动着泪花。

“天哪!”她说,声音低得勉强听得出。

这简直叫人受不了:只要再过一分钟,我就会扑倒在她的脚下。

“所以,您自己也明白,”我尽可能用坚决的口气勉强笑着说,“您自己也明白,我不能跟您结婚。即使您现在愿意,不久也会后悔的。我刚才跟您母亲谈了话,因此我觉得有必要这样直率、这样粗鲁地跟您把话说明白。我希望她只是出于误会,您是很容易说服她,使她改变主意的。您也明白,我在您的心目中扮演了一个最可怜最可憎的角色。这一点连我自己也承认,而我能为您效劳的也就是这一些了。不管您对我的看法有多坏,我都愿意承受。您瞧,我在您面前是多么卑劣。即使您以前爱过我,那么从这一刻起您也会瞧不起我了,是不是?……”

她向我转过脸来,她的脸色白得像大理石,只有一双眼睛闪出令人心醉的光彩。

“我恨您……”她说。

我谢了谢她,恭恭敬敬地鞠了一躬,走了出来。

一小时之后,一辆三匹马拉的特快驿车载着我飞快地离开了基斯洛伏德斯克。

在离叶森杜克几里的地方,我在大路旁边认出了我那匹烈马的尸体；马鞍没有了（大概是被路过的哥萨克拿走了），在马背上原来放马鞍的地方栖着两只乌鸦。我叹了一口气，连忙转过脸去！……

现在，在这儿，在这寂寞的要塞里，当我追溯往事的时候，我常常问自己：为什么我不愿踏上命运为我开拓的，有平静的欢乐和心灵的安宁等着我的那条道路呢？……不，我是不可能安于这种命运的！我好像一个在海盗船上出生和成长的水手；他的心灵已经习惯于暴风雨和搏斗。一旦把他抛到岸上，那么，不管绿荫蔽天的树林怎样引诱他，和煦的阳光怎样照耀他，他都会感到寂寞和苦闷。他会成天徘徊在海滩上，倾听滚滚波涛单调的细语，眺望烟雾迷蒙的远方：那望眼欲穿的帆影有没有在蔚蓝的大海和灰色的云层之间的白色水平线上闪现，起初像海鸥的翅膀，渐渐地便从浪花中分离出来，平平稳稳地飞驶到这座荒凉的码头……

（三）宿命论者

有一次，我在左翼阵地的一个哥萨克村庄里待了两星期；那里驻扎着一营步兵。每天晚上，军官们轮流在各人的营房里打牌。

一天晚上，我们在S少校那里打波斯顿，打得腻了，就把纸牌扔在桌下，又闲坐了好一阵。谈话一反常例，十分有趣。大家谈到，伊斯兰教认为人的命运是上天注定的，这种说法在我们基督徒中也有不少人相信；各人讲着各种不同的奇闻，加以证明或反驳。[1]

1　原文为拉丁语。

“诸位，这一切都不足为凭，”上了年纪的少校说，“因为你们中间谁也没有亲眼见过你们用来证实自己意见的那些怪事……”

“当然谁也没有见过！”许多人说，“可我们是从可靠的人那儿听来的……”

“这些都是胡诌！”一个人说，“哪儿有见到过我们死亡时刻表的所谓可靠的人呢？……要是真有什么定数，那又何必赋予我们意志和理性呢？为什么我们还得对我们的行为负责呢？……”

这时候，一位坐在屋角里的军官站了起来，慢慢地走到桌子旁边，镇定而庄严地向所有的人扫了一眼。他是个塞尔维亚人，这从他的名字上看得出来。

符里奇中尉的长相完全符合他的性格。高高的身材，浅黑的脸，乌黑的头发，炯炯有神的黑眼睛，高大而端正的典型的塞尔维亚鼻子，老是挂在嘴唇上的忧郁而冷淡的微笑——这一切似乎都是为了使他具有特殊人物的外表，显出他不愿向命运给他安排的同事们吐露思想感情。

他为人勇敢，话说得很少，但很尖刻。他从没把内心的秘密和家庭的秘密告诉过什么人，差不多滴酒不进，也从来不追求年轻的哥萨克女人（她们的美丽动人没有见到过是很难想象的）。据说上校太太对他那双富有表情的眼睛十分倾倒；但当人家话中影射到这件事时，他竟大为生气。

只有一个嗜好他并不隐瞒：赌博。在绿呢赌台旁边他就忘记一切，并且常常输钱；但是经常的失利反而使他更加着迷。据说，在一次军队野营的夜里，他在一个枕头上做庄，当时他赌运极好。

忽然传来几下枪声，响起了警报。大家都跳起来，奔去拿武器。“下注啊！”符里奇没有站起来，对一个十分起劲的赌伴说。“我押七！”那人一边跑，一边回答。符里奇不管一片混乱，仍旧分完牌。结果七押中了。

当他来到散兵线的时候，双方交战已经十分激烈了。符里奇既不理会子弹，也不理会车臣人的马刀，却一个劲儿地寻找那位走运的赌伴。

“七押中了！”当他终于在那些开始把敌人从树林里逼出来的散兵的行列中看见他时，喊道，并且走过去，掏出自己的钱袋和皮夹交给那个走运的人，也不管对方反对在这不合时宜的场合付款。尽了这个不愉快的责任之后，他才带着兵士向前冲去，并且沉着地跟车臣人对射，直到战事结束。

当符里奇中尉走到桌子旁边时，大家都不做声，等待他做出什么古怪的行为来。

“诸位！”他说（他的语气很平静，虽然音调比平时低些），“诸位，空洞的争论有什么意思？你们都要证据：我建议大家在自己身上试一试，看一个人能不能随意支配自己的生命，还是每个人的死期都是预先注定的……谁愿意？”

“我不干，我不干！”从四面八方传出这样的喊声，“真是个怪人！亏他想得出！……”

“我愿意打赌。”我开玩笑说。

“打什么赌？”

“我敢肯定没有定数。”我把口袋里所有的二十个金币扫数撒在桌上,说。

“来吧,”符里奇声音低沉地回答,“少校,请您做个公证人。我这儿有十五个金币,您还欠我五个金币,请您帮个忙把这钱给我添上吧。”

“好的,”少校说,“但是说实话,我不明白这是怎么回事……还有你们打算怎样解决这争论……”

符里奇默默走进少校的卧室。我们跟着他走去。他走到挂武器的墙跟前,从挂在钉子上的各种口径的手枪中随便拿下一支。我们还不明白他要干什么,可是当他扳上枪机,把火药装进火药池里的时候,许多人不由得叫起来,抓住他的胳膊。

“你要干什么?喂,你这简直是疯啦!”大家对他嚷道。

“诸位,”他挣脱双臂,慢吞吞地说,“谁愿意替我付二十个金币?”

大家都不做声,走开了。

符里奇走到另一个屋子里,在桌子旁边坐下。大家都跟着他走去。他做了个手势请我们在周围坐下。大家都默默地听从他:在这一刻里,他具有一种神秘的力量,使我们不由得不听从他的指挥。我对他的眼睛盯了一会儿,他却用沉着镇定的眼光迎接我的审视,他那没有血色的嘴唇微微一笑。然而,不管他怎样冷静,我却觉得我在他那苍白的脸上看出了死的阴影。我做过这样的观察,而且许多老战士都证实我的意见:在一个几小时以后就要死去的人的脸上,往往有一种劫数难逃的奇怪迹象,而一双阅历丰富的眼睛是不大会看错的。

“您今天要死了。”我对他说。他很快地向我转过脸来，却若无其事地慢吞吞答道：

“也许对，也许不对……”

然后他转身问少校手枪里有没有装上子弹。少校心慌意乱，记不清楚了。

“得了吧，符里奇！”有人嚷道，“既然挂在床头上，准是装上子弹的……开什么玩笑啊！……”

“开这样的玩笑太傻啦！”另外一个附和说。

“我拿五十卢布对五卢布打赌，枪里没有装子弹！”再有一个人嚷道。

于是又安排了一次打赌。

这种冗长的仪式使我厌烦了。

“听我讲，”我说，“你们或者干脆开枪，或者把枪挂回原处，大家都去睡觉。”

“对，”许多人喊道，“我们要去睡觉了。”

“诸位，我请你们站住别动。”符里奇一边说，一边把枪口对着脑门。大家都愣住了。

“毕巧林先生，”他补充说，“请您拿一张纸牌往上扔。”

我到如今还记得清清楚楚，我从桌子上拿起一张红桃爱司往上一扔。人人都屏住了呼吸，双双眼睛都流露出恐惧和一种莫名其妙的好奇神情，视线从手枪转移到那张生死攸关的爱司上，看它怎样在空中颤抖着，慢慢地落下来。等它一触到桌子，符里奇就扳动枪机……没有发火！

“感谢上帝!”许多人都喊出声来,“没有装子弹……”

“不,让我们瞧瞧。”符里奇说。他又扳上枪机,瞄准那顶挂在窗上的军帽,——枪声一响,屋子里就充满了硝烟!等到烟散了,拿下军帽。帽子正中心被打穿了,子弹深深地嵌在墙壁里。

大约有三分钟光景,谁也说不出一句话来。符里奇若无其事地把我的金币全装进了自己的钱袋。

大家议论纷纷,为什么手枪第一次没有发火。有的断定火药池被堵塞了;有的低声说,火药起初是潮湿的,后来符里奇把新鲜的倒了进去。但我敢说后一种假定是没有根据的,因为我的眼睛始终没有离开过手枪。

“您的赌运很好。”我对符里奇说……

“我这还是生平头一次呢,”他得意洋洋地笑着说,“这可比推牌九和打什托斯[1]强多了。”

“可是更危险。”

“什么,您开始相信定数了吗?”

“我相信……只是现在我不明白,为什么我总觉得您今天一定要死……”

就是这一个人,刚才还那么镇静地瞄准自己的脑门,现在却忽然发起火来,变得十分狼狈了。

“够啦,够啦!”他站起来说,“我们的打赌结束了,我认为您现在讲这种话是不合适的……”他拿起帽子走了。我觉得他这行为

1 什托斯,一种纸牌赌法。

有点古怪——而且不是没有道理的！……

不多一会儿，大家回家，一路上纷纷议论着符里奇的怪诞行为，异口同声地说我是个利己主义者，因为我居然同一个用枪自杀的人打赌；仿佛没有我，他就找不到适当的机会！……

我沿着荒僻的村巷走回家去。一轮满月，像火灾反光一样发红，开始从一排参差不齐的房屋后面升起来；星星安详地在暗蓝的穹苍里闪烁。我想到古代圣贤认为天上的星辰也参与人间的争端，或者为一小块土地，或者为虚假的权益，不禁感到好笑……结果怎样呢？这些他们认为专门用来照耀他们战斗和凯旋的天灯，至今依旧光辉灿烂；而他们的热情和希望却早就同他们的身体一起化为乌有，有如浪迹天涯的流浪汉在林边点起的一颗火星，很快就熄灭了。然而，他们相信整个宇宙及其亿万星辰会一直怀着永恒的同情默默地俯视他们，这种信心曾给他们的意志增添了多少力量啊！……可是我们，他们的可怜后裔，却在地面上东漂西泊，没有信仰，没有自豪，没有欢乐，没有恐惧，只有一想到无可避免的灭亡而产生的揪心的忧虑。我们既不能为了造福人类也不能为了谋求个人幸福而做出重大的牺牲，因为我们知道这都是办不到的。于是我们就冷漠地从一次怀疑走向另一次怀疑，就像我们的祖先从一次迷惘走向另一次迷惘那样，并且也像他们一样，既丧失了希望，连那种在每次跟人或命运进行搏斗时心灵所能享受到的虽然真实但是短暂的欢乐也一起丧失了。

还有许多类似的思想在我头脑里浮过，但我没有把它们拦住，因为我不喜欢抽象的思维。再说，这有什么意思呢？……在青春的初期，我是个梦想家：不安分的、渴求知识的想象力给我描绘出时而阴郁时而美丽的景象，对于这些景象我总是喜欢反复思考。可是这种胡思乱想给我留下了什么？只是一种犹如梦魇折磨后的疲劳和充满悔恨的朦胧回忆罢了。在这种徒劳的搏斗中，我耗尽了心灵的热情和现实生活所必需的毅力。在我踏进现实生活之前，我已经在思想上经历了这种生活，因此感到厌倦、乏味，就像读一本早就熟悉的书的粗劣仿本一样。

这天晚上的事给我留下相当深刻的印象，使我感到激动。我不能断言如今我是不是相信定数，但在这天晚上我可是深信不疑：证据是清清楚楚的。尽管我嘲笑了我们的祖先和他们的乐于为人效劳的星相术，我却不知不觉地重蹈了他们的覆辙。不过，我在这条危险的道路上及时收住了脚，并且遵照既不绝对否定什么也不盲目信仰什么的规则，把玄学抛在一边，开始注视脚下的路面。这样的戒备十分及时：我绊在一件又肥又软、显然没有生命的东西上，险些儿摔一跤。我弯下腰——当时月亮正好直照在大路上——这是什么呀？我的面前横着一只被马刀砍成两段的猪……我刚看出是什么，忽然听见了一阵脚步声：有两个哥萨克从小巷里跑出来，其中一个问我有没有看见一个喝醉酒的哥萨克在追赶一只猪。我对他们说我没有遇见什么哥萨克，但把他疯狂的暴行造成的无辜牺牲品指给他们看。

“这个强盗！”另外一个哥萨克说，“他一喝酒，就出来闹事，看见什么就砍什么。我们追他去，叶列密奇，得把他捆起来，要不然……”

他们走远了，我更加小心翼翼地继续走我的路，终于平安地回到了宿舍。

我住在一个上了年纪的军士家里。我喜欢他，因为他脾气好，尤其因为他有一个漂亮的女儿娜斯嘉。

她身上裹着一件皮外套，照例在篱笆门那儿等我。月亮照着她那被夜寒冻得发青的可爱的嘴唇。她一看出是我，就嫣然一笑，可是我没心情理她。我从她旁边走过，说了一声："再见，娜斯嘉！"她想回答我一些什么，可是只叹了一口气。

我随手关上房门，点起一支蜡烛，就倒在床上；但是这会儿我比平时更难入梦。当我睡着的时候，东方已经微微发白，可是命里注定这一夜我不能睡个够。凌晨四点钟，有两个拳头在敲我的窗子。我一骨碌爬起来：什么事？……"起来，穿上衣服！"几个声音同时对我嚷道。我连忙穿上衣服走出去。"你知道出了什么事吗？"来找我的三个军官异口同声地说。他们的脸色都白得像死人一样。

"什么事？"

"符里奇被杀死了！"

我呆住了。

"真的，被杀死了！"他们继续说，"咱们快去。"

"上哪儿？"

"路上告诉你。"

我们走了。他们一五一十把发生的事全讲给我听，并且添上他们对符里奇晚死半小时的奇怪定数的种种看法。符里奇当时独自在黑暗的街上走着；那个喝醉酒把猪砍死的哥萨克正好撞着他。那哥萨克本来很可能没有发觉符里奇就走过去了，可是符里奇突然站住问他说："老兄，你在找谁啊？"哥萨克举起刀，回答道："我在找你！"说着就一刀把他从肩膀直劈到心窝……那两个刚才遇见我的哥萨克在追逐凶手，正好赶到，就把被砍伤的人抬起来，可是他已经奄奄一息，只说了一句："他说得对！"这句话的含义只有我一人明白，他这是指我而说的。我无意中对这个可怜的人预言了他的命运；我的直觉没有欺骗我，我确实在他变了样的脸上看出了寿数已尽的迹象。

凶手把自己反锁在村尾的一所空房子里。我们往那儿走去。许多女人也都啼哭着往那个方向跑去。不时有掉队的哥萨克冲到街上，一边匆匆地佩上短剑，一边跑到我们前头去。真是一片混乱。

我们终于来到了那地方，一看那所房子的门窗都从里面锁上了，房子四周围满了人。军官们和哥萨克男人们情绪激昂地议论着；女人们边哭边诉，尖声叫嚷。她们中间有个老妇人，脸上露出疯狂的绝望神情，引起我的注意。她坐在一段很粗的圆木上，两肘支着膝盖，双手托住脑袋。原来她是凶手的母亲。她的嘴唇不时在翕动：她这是在低声祷告还是诅咒呢？

当时得想个办法把罪犯抓住，可是没有一个人敢带头冲进去。我走到窗前，从板窗缝中往里张望：他脸色苍白，躺在地板上，右手握着手枪；那把血迹斑斑的马刀放在身边。他那双情绪激动的眼睛恐怖地向四下里转动着；他时而浑身哆嗦，两手抱住脑袋，仿佛隐隐约约记起了昨天的事。在他那惊惶不安的目光中，我看不出他有多大决心，我就对少校说，他没有理由不命令哥萨克们破门而入，因为现在动手比等他完全清醒之后动手要强得多。

这时候，上了年纪的大尉走到门边，唤了他的名字；那人答应了一声。

“你造孽了，叶斐梅奇兄弟，”大尉说，“这就没有办法，你认罪吧！”

“我不干！”哥萨克回答。

“你得敬畏上帝！要知道，你不是个该死的车臣人，你是个规矩的基督徒。哦，要是罪孽迷住了你的心窍，那就没有办法：在劫难逃啊！”

“我不干！”哥萨克声色俱厉地嚷道。接着就听见扳动枪机的声音。

“喂，大婶！”大尉对老妇人说，“你对儿子说说，也许他会听你的话……要知道，这样只会惹得上帝生气。再说，各位先生已经在这儿等了两个钟头了。”

老妇人对他凝视了片刻，摆摆头。

“华西里·彼得罗维奇，”大尉走到少校跟前说，“他不会屈服的——我了解他这个人。要是砸破门，他准会打死我们许多人。您还不如下个命令向他开枪！窗缝宽得很。”

这当儿，我的头脑里忽然掠过一个古怪的念头：我像符里奇一样想试试自己的命运。

“等一下，”我对少校说，“我来把他活捉。”

我叫大尉去跟他搭讪，同时安排三个哥萨克守在门口，以便一看到信号就破门进来帮助我，我自己绕到房子后面，走近那个生死攸关的窗子跟前。我的心跳得很厉害。

“哼，你这该死的东西！”大尉嚷道，“你这是在取笑我们吗？还是以为我们对付不了你啦？”他开始用全力擂门：我把眼睛贴在窗缝上，窥察着他的举动，他没有料到我会从这方面向他进攻——我就突然揭开板窗，头朝下跳进去。我的耳朵上方一声枪响，一颗子弹撕掉了我的肩章。但是，满屋子的硝烟使对方不能一下子找到旁边的马刀。我抓住他的两臂，哥萨克们冲了进来，不到三分钟，这罪犯就被捆起来押走了。人群散开了。军官们都向我祝贺——这确实是值得祝贺的！

在经历了这一切之后，一个人怎么能不成为宿命论者呢？但又有谁确切知道他究竟应该相信什么，还是什么也不该相信呢？……何况我们还常常把感觉的欺骗或者理性的错误当作信念呢！……

我爱怀疑一切：这种心情并不妨碍性格的果断，而且正好相反；就我来说，即使前途吉凶未卜，我也总是勇往直前，因为除死无大事，谁也免不了一死！

我回到要塞，把我所遭遇到的和目睹的一切全讲给马克西姆·马克西梅奇听，并且很想知道他对定数的看法。他起初不明白“定数”这两个字的意思，但经我竭力解释之后，他就意味深长地摇摇头说：

“是啊！当然啦！这玩意儿可奥妙了！不过，那种亚细亚式枪机常常卡壳，要是油擦得不够，或者手指按得不够有劲的话。说实在的，我也不喜欢契尔克斯式步枪，咱们用起来总不太顺手：枪托太小，一不小心就会烧坏鼻子……但他们的马刀啊，那我可欣赏啦！……”

随后他想了想，又说：

“是啊，那个倒霉的人真可怜……准是恶鬼夜里把他拉去跟醉汉说话了！……不过，这也是他命中注定的……”

我再也不能从他嘴里听到什么了，因为他这人根本就不爱谈论玄学。

经典译林

Yilin Classics

书名	单价	书名	单价
癌症楼	78.00 元	艾青诗集	35.00 元
爱的教育	39.00 元	安娜 · 卡列尼娜	65.00 元
安徒生童话选集	42.00 元	傲慢与偏见	36.00 元
奥德赛	92.00 元	八十天环游地球	32.00 元
巴黎圣母院	42.00 元	白洋淀纪事	39.00 元
百万英镑	35.00 元	包法利夫人	38.00 元
悲惨世界（上、下）	98.00 元	背影	28.00 元
被侮辱与被损害的人	39.00 元	边城	36.00 元
变色龙：契诃夫中短篇小说集	39.00 元	变形记 城堡	38.00 元
草叶集：惠特曼诗选	39.00 元	茶馆	32.00 元
茶花女	35.00 元	查拉图斯特拉如是说	38.00 元
沉思录	29.00 元	城南旧事	29.00 元
大卫 · 科波菲尔（上、下）	79.00 元	当代英雄	45.00 元
稻草人	29.00 元	地心游记	32.00 元
飞鸟集 · 新月集：泰戈尔诗选	39.00 元	飞向太空港	39.00 元
福尔摩斯探案集	58.00 元	复活	42.00 元
傅雷家书	49.00 元	富兰克林自传	36.00 元
钢铁是怎样炼成的	39.00 元	高老头	39.00 元
格列佛游记	35.00 元	格林童话全集	49.00 元
给青年的十二封信	38.00 元	古希腊悲剧喜剧集（上、下）	118.00 元

书名	单价	书名	单价
海底两万里	38.00 元	红楼梦	55.00 元
红与黑	49.00 元	呼兰河传	35.00 元
呼啸山庄	39.00 元	基督山伯爵（上、下）	108.00 元
纪伯伦散文诗经典	42.00 元	寂静的春天	35.00 元
假如给我三天光明	32.00 元	简·爱	39.00 元
金银岛	35.00 元	荆棘鸟	45.00 元
静静的顿河	128.00 元	镜花缘	49.00 元
局外人·鼠疫	38.00 元	菊与刀	35.00 元
宽容	32.00 元	昆虫记	39.00 元
老人与海	32.00 元	理想国	45.00 元
聊斋志异	55.00 元	列那狐的故事	39.00 元
猎人笔记	38.00 元	林肯传	39.00 元
鲁滨逊漂流记	39.00 元	鲁迅杂文选集	36.00 元
绿山墙的安妮	36.00 元	罗马神话	16.80 元
罗生门	39.00 元	骆驼祥子	32.00 元
麦田里的守望者	38.00 元	美丽新世界	35.00 元
名人传	39.00 元	拿破仑传	49.00 元
呐喊	29.00 元	牛虻	38.00 元
欧·亨利短篇小说选	36.00 元	欧也妮·葛朗台	32.00 元
彷徨	32.00 元	培根随笔全集	38.00 元
飘（上、下）	88.00 元	普希金诗选	42.00 元
乞力马扎罗的雪	39.80 元	热爱生命·海狼	38.00 元
人间草木：汪曾祺散文精选	49.00 元	人类群星闪耀时	36.00 元
人性的弱点	39.00 元	日瓦戈医生	68.00 元

书名	单价	书名	单价
儒林外史	42.00 元	三个火枪手	59.00 元
三国演义	59.00 元	沙乡年鉴	42.00 元
莎士比亚喜剧悲剧集	49.00 元	少年维特的烦恼	28.00 元
神秘岛	48.00 元	神曲（共三册）	128.00 元
圣经故事	35.00 元	十日谈	68.00 元
双城记	45.00 元	水浒传	69.00 元
四世同堂（上、下）	78.00 元	苔丝	39.00 元
谈美	26.00 元	谈美书简	36.00 元
汤姆·索亚历险记	32.00 元	汤姆叔叔的小屋	45.00 元
唐诗三百首	39.00 元	堂吉诃德	78.00 元
天方夜谭	42.00 元	童年	38.00 元
童年·在人间·我的大学	49.00 元	瓦尔登湖	36.00 元
我是猫	39.00 元	物种起源	42.00 元
雾都孤儿	44.00 元	西顿野生动物故事集	38.00 元
西游记	48.00 元	希腊古典神话	49.00 元
乡土中国	36.00 元	小妇人	45.00 元
小王子	29.00 元	星星离我们有多远	35.00 元
羊脂球	38.00 元	一九八四	36.00 元
伊利亚特	82.00 元	伊索寓言全集	35.00 元
尤利西斯	58.00 元	约翰·克利斯朵夫（上、下）	98.00 元
月亮和六便士	45.00 元	战争与和平（上、下）	108.00 元
朝花夕拾	22.00 元	中国民间故事	39.00 元
中国哲学简史	48.00 元	子夜	49.00 元
最后一课	36.00 元	罪与罚	66.00 元